去年はいい年になるだろう(上)

山本 弘

PHP
文芸文庫

○本表紙デザイン＋ロゴ＝川上成夫

去年はいい年になるだろう（上）　目次

【下巻　目次】

プロローグ

僕はあの日から日記をつけている。

僕が日記を？　君は驚くかもしれない。そう、僕は毎日きちんと何かを続けるということが苦手な人間だ。医者から貰《もら》った薬なんか、つい飲み忘れる。日記は若い頃に二回ほど挑戦したが、どっちも三日坊主で終わってしまった。一〇年ぐらいして、机の引き出しの奥から出てきたので読み返してみたが、七転八倒《しちてんばっとう》するような青臭いことばかり書いてあったので、耐えられなくて捨ててしまった。

ああ、もしかして君は今、日記をつけているのかも？　だとしたら気を悪くしないでほしい。日記を処分してしまった僕は、正直なところ、何年の何月頃に何をやっていたかなんて、まったく覚えていないんだ。過去なんて振り返ってもしかたがない。重要なのは現在と未来だ。日記なんか書いている時間があったら、その分、一枚でも多く原稿を書けばいい。書き上がった本こそ僕の生きてきた記録だ――そう信じてきた。

しかし、二〇〇一年のあの衝撃的な日、僕は決心した。日記を書くべきだ――この重大な事件の顚末《てんまつ》と、僕がその中で何を見聞きし、何を体験し、何を考えたか、すべてを記録しておくべきだ。それは将来、何かの役に立つかもしれない、と。

無論、三日坊主の僕のこと、毎日きっちり書いていたわけではない。印象的な事件が起こった日は詳しく書き留めていたが、たいしたことが起きなかった日にはすっぽかした。何日も、時には二週間近くも、記録が抜け落ちていることもある。それでも、原稿用紙に換算して総計五〇〇〇枚ぐらいの文章を書き溜《た》めた。

君がこれから読む文章は、その日記を元に、加筆して再構成したものだ。もともと君に読ませるために書いたのではないから、君にとっては言わずもがなのことや、逆に君には理解できないこともあるかもしれない。気づいた点はなるべくフォローしたが、説明不足の箇所があったら勘弁してほしい。

どうまとめるかは、ずいぶん悩んだ。もっと事実を淡々と列挙するだけにした方がいいかとも思った。しかし結局、小説風に構成することにした。単なる事実の羅《ら》列《れつ》だけでは伝えられないこともある。こういうスタイルの方がむしろリアルに、僕の体験を君に疑似体験してもらえると思ったのだ。

僕は小説家だ。ドキュメンタリー作家でもジャーナリストでもない。事実の正確かつ客観的な記述は彼らにまかせればいい。僕は小説家として、小説家のスタイルで、書けることを書こうと思う。

君がこれを読んで、何を考えるかは分からない。僕としては、君にああしろこうしろと指図《さしず》するつもりはない。君は自由に自分の人生を歩めばいい。ただ、この文章が、君がこれから大きく変貌《へんぼう》するであろう世界を生きてゆくうえでの参考になればいいと思う。

前置きはここまでにして、話をはじめよう。二〇〇一年のあの日から。

歴史が変わった朝

二〇〇一年。

かつて、この言葉には魔法のような響きがあったのを、僕は思い出す。二一世紀の幕開けの年。『2001年宇宙の旅』に代表されるように、「2001」というのは輝かしい未来を象徴する数字だった。

そう言えば、中学の頃にノートに書いていたSF小説も、二〇〇一年頃の未来世界が舞台だった。あの話の中では、フロリダ沖に巨大なドームに覆《おお》われた海上都市が浮かび、電気自動車やエアカーが市街地を走り回っていた。東京－大阪間はリニアモーターカーによって一時間で結ばれていた。人間のような心を持つコンピュータができていた。人類は金星にまで到達していて、硫酸《りゅうさん》の雲の上に浮かぶ空中ステーションを建設し、金星の大気を改造して地球化する研究を開始していた……僕の空想の中で、二〇〇一年はエキサイティングな世界だった。

　だが、実際に二〇〇一年が来てみると、それはちっともエキサイティングではなく、輝いてもいなかった。

　人類は火星にも金星にも到達していなかった。月面にも基地はできていなかった。そもそも一九七二年のアポロ17号以来、誰も月に行っていないのだ。海上都市もない。HAL《ハル》9000のように人間と対話できるコンピュータもない。ほとんどの車はいまだにガソリンを燃やし、車輪を転がして走っている。核融合発電は実用化していないし、軌道上には太陽光発電ステーションもない。「国際宇宙ステーション」と呼ばれているものは存在しているが、昔の想像図にあった巨大なドーナツ形のそれとは似ても似つかない、七〇年代のスカイラブに毛が生えたような代物《しろもの》だ。

　こんな未来像は三〇年前には想像もしていなかった！

　だから二〇〇〇年の大晦日《おおみそか》の夜、テレビで「ハッピー・ニュー・センチュリー！」という声を聞き、タレントたちのバカ騒ぎを目にしながら、僕は当惑と失望を味わっていた。その言葉は三〇年前、中学生の僕が小説の中で、二〇〇一年のニユーイヤー・パーティのシーンで使ったものだ。それなのに、小説とのこの違いはいったい何だ。なぜこんなにもときめかないのだ。今は本当に僕が夢見てきた二一世紀なのか。

そう、二一世紀は夢の世界ではなかった。単なる日常と地続きの世界だった。二〇〇一年はたいしていい年ではなかった。長く続く不況で日本経済は停滞していて、失業率は上がる一方、日本の財政赤字も増える一方だった。大手の保険会社がいくつも破綻《はたん》したり、リゾート施設が倒産したりした。経営に苦しむ銀行は生き残るために次々と統合した。

インドでは大きな地震が起き、二万人以上が死んだ。エルサルバドルの二度の地震では一〇〇〇人以上、ペルーの地震では一三九人が死んだ。ハワイ沖では日本の実習船がアメリカの原潜と衝突して沈没し、九人が行方不明になった。アフガニスタンでは仏教遺跡バーミヤンの大仏が、過激なイスラム原理主義者によって破壊された。寿命の切れたロシアの宇宙ステーションが南太平洋に落下した。コロンビアでは日本人副社長が左翼ゲリラに誘拐された。ネパールでは王室の晩餐会《ばんさんかい》で機関銃が乱射され、一〇人が死亡した。フィリピンやアフガニスタンやトルコなどでは爆弾テロが相次いだ。

兵庫県明石《あかし》市では、花火大会の夜に大混雑していた歩道橋で将棋《しょうぎ》倒し事故が起こり、一一人が死亡した。新宿の歌舞伎町《かぶきちょう》の雑居ビルが火事になり、四四人が死んだ。台東区の路上で、レッサーパンダの帽子をかぶった男が女子短大生を刺殺した。青森では消費者金融に強盗に入った男が、ガソリンを店にまいて放火し、五人が死亡した。大阪府池田市の小学校に刃物を持った男が侵入し、八人の児童を殺害した。神奈川県では、行方不明になっていたイギリス人女性の遺体が発見された。神戸では、中学一年の少女が車に監禁されたうえ、手錠をかけられた状態で高速道路上に転落したために死亡するという事件があったが、逮捕された犯人は中学教諭だった……。

だが、二〇〇一年が特に悪い年だったとも言えない。こんな災害や事故や犯罪は、他の年にも起きているし、それらが増えている兆候もなかった。マスメディアは少年犯罪を大きく取り上げ、「少年による凶悪犯罪が増えている」「最近の子供はキレやすい。すぐに人を殺す」などと騒ぎ立てていたが、それが大嘘《おおうそ》であることを僕は知っていた。統計によれば、殺人罪で検挙された未成年者の数は、僕が子供だった頃の一九六一年の四四八人をピークに激減し、二〇〇〇年には一〇五人になっていたのだ。今の子供は昔の子供に比べ、ずいぶんおとなしい。

明るいニュースもあった。大阪にユニバーサル・スタジオ・ジャパン、千葉に東京ディズニーシーという大規模テーマパークがオープンしたのも、この年だった。映画の興行成績のトップは、アニメとＳＦ映画と特撮技術を駆使したアクション映画で独占されていた（信じられるか？）。何よりも進歩したのはコンピュータ関連の技術だ。多くの家庭がパーソナルコンピュータ、略してパソコンを持つようになり、インターネットと呼ばれるコンピュータ・ネットワークで全世界がつながっていた。七〇年代には「スーパーコンピュータ」と呼ばれ、一台何億円もしたマシンが、ずっと小さく、安くなって、家庭用のゲーム機になっていた。ポケットに入るサイズの携帯電話もずいぶん普及した。車には、目的地までの道順を教えてくれるカーナビという装置が搭載されているのが当たり前になっていた。なんと便利になったことか。

環境汚染は、僕が子供の頃に比べ、驚くほど改善されていた。工場が煤煙《ばいえん》や廃液を垂れ流すことはなくなり、空も海もきれいになった。「公害病」なんて言葉は忘れ去られようとしていた。科学者は二酸化炭素の温室効果による地球温暖化の危機を警告していたものの、世間ではあまり危機感はなかった。七〇年代、「世紀末には環境破壊で人類は滅亡する」なんて騒がれていたのが嘘のようだ。

小学生の頃、『渚《なぎさ》にて』とか『世界大戦争』といった映画をテレビで観て、「明日にでも核戦争が起きて世界が滅びるかも」とおののいたものだ。僕らの世代にとって、それほど核戦争はリアルな恐怖だった。だが、その危機も遠のいた。八〇年代に東欧の民主化が進み、九〇年代初頭に東西ドイツが統一され、ついにはソビエト連邦が崩壊して、冷戦が終結したからだ。

まだ世界には紛争もテロもあった。しかし当分、世界規模の大戦争が起きる気配はない。九〇年代以降に生まれた子供たちには、もう「核戦争の恐怖」などピンとこないだろう。素晴らしいことだ。

そう、二〇〇一年は決していい年ではなかったが、特に悪い年でもなかった。他の年と変わらない、ごく普通の年だった。

九月一一日、あの衝撃的な事件が起きるまでは。

その頃、僕は大阪府の吹田《すいた》市に住んでいた（これを書いている今も住んでいる）。一九九三年に結婚した時、京都の実家から引っ越したのだ。

二〇〇一年、僕は四五歳。妻の真奈美《まなみ》は一〇歳下の三五歳だった。元看護婦。強い近視で、眼鏡をかけている。飛びきりの美女というわけではないが、愛らしい顔だ。働き者で明るい性格だった。僕は彼女にべた惚《ぼ》れで、いつも出かける時にはキスを欠かさなかった。喧嘩《けんか》も何度かしたものの、平均的な夫婦よりはかなり深く愛し合っていたと、自信をもって言える。

一九九六年に生まれた娘は五歳になっていた。名前は美月《みづき》。寂しがりやで泣き虫のくせに、ちっとも内気ではなく、公園で出会った見知らぬ子供ともすぐ仲良くなってしまうポジティブな性格だった。子供の頃の僕はこんなに外向的じゃなかったから、妻の遺伝かもしれない。性格に関しては、僕に似なくて良かったと思っている。

娘はかなりのマザコンで、いつも母親にまとわりついていたが、僕にもかなり懐《なつ》いていた。普通のサラリーマンの父親より、子供と過ごす時間が長かったせいだろう。小説家という職業柄、昼間でも時間はけっこう自由になる。僕はよく娘といっしょに出歩いた。五歳の足ではまだ長い距離が歩けないので、しょっちゅうおんぶしてやらなければならなかった。生まれたばかりの時は壊れそうなほど軽かったのに、しだいにずっしり重くなってくるのが嬉しかった。

僕は幸せだった。ＳＦマニアでアニメマニアで特撮マニア、暗い性格で人づき合いが苦手、小説を書くしか能のない自分が、こんな幸せな家庭を持てたことが奇跡のように思えて、誇らしくてたまらなかった。

一九九九年、蔵書が多くなって家が狭くなってきたのと、そろそろ娘のために子供部屋が必要だろうということになり、妻と相談して、家から徒歩数分のマンションに仕事部屋を作った。本とパソコン一式をそちらに移転し、家から出かけていって仕事をするようになった。

それまで、僕は他の多くの作家のように、夜遅くまで仕事をしていた。朝まで徹夜で原稿を書くこともよくあった。しかし、仕事部屋ができたのを機に、妻は「子供の教育上の問題もあるから、規則正しい生活をせなあかんで」と僕に言い渡した。徹夜したり昼まで寝ていてはいけない。朝から出かけて仕事をして、夕方六時には必ず帰宅すること。夜は子供と遊んで、早めに寝ること……。

そんなわけだから、九月一一日の夜も、僕は一〇時半頃にはもうベッドに入っていた。だから深夜のニュースは見なかった。夕刊は読んだが、千葉県で国内初の狂牛病の疑いのある牛が発見されたとか、台風15号が関東に上陸し、多摩川が増水するなど大きな被害を出しているというニュースが、ちょっと気になるぐらいだった。世界は平穏《へいおん》だ——そう思いこんでいた。

だが、その時すでに、世界では大変な事態が進行していたのだった。

九月一二日水曜日、朝七時三〇分。

僕がベッドから起き出して階下に降りてゆくと、先に起きていた真奈美と美月が、リビングの床に座りこみ、熱心にテレビに見入っていた。珍しいことだ。妻は朝はあまりテレビを観ないのだ。

「おはよう」

僕が声をかけると、真奈美は少しこわばった表情で僕を見上げた。

「なんか、えらいことが起きてるで」

「えらいこと?」

「飛行機がねー、ビルにぶつかったんだよー」美月がたどたどしい無邪気な口調で言う。

テレビに目をやった僕は、その映像を目撃した。

映っていたのは、青空を背景にそそり立つ巨大な直方体の二棟の建造物——ニューヨークのワールドトレードセンターだ。そのひとつが炎上していた。上から十数階ほどのところからもくもくと黒煙を吐き出していて、時おり赤い炎の舌が見えた。大規模な火災のようだった。

見ていると、まだ無傷な方のビルの横腹に、旅客機が吸いこまれるように近づいていって衝突した。激しい炎と爆煙。カメラマンも動揺したのか、画面が一瞬揺れる。それを見上げていたらしい市民たちの悲鳴。破片がばらばらと降ってくる。

僕は戦慄《せんりつ》した。特撮マニアだからひと目で分かった。これは特撮じゃない。映画の一場面なら、もっとカメラワークやカット割りで緊迫感を演出する。ここにはそんなものはない。何の加工もされていない生の映像——本当に起きたことなのだ。

何人ものカメラマンが同じ事件を撮影していたらしく、衝突の映像は違うアングルで何度も繰り返された。最初、飛行機事故かと思った。しかし、解説している女性の声でそうではないと分かった。

「アメリカン航空11便の衝突から一七分後、現地時間の午前九時三分、今度はユナイテッド航空175便のボーイング767型機が、ワールドトレードセンターの南棟に衝突しました。ハイジャック犯を含む六五人の乗員乗客は、やはり全員死亡しました」

ハイジャック⁉　二機も衝突⁉　じゃあ、テロなのかこれは。

双子のビルは激しく炎上していた。機体は完全にビルにめりこんだらしく、炎と煙に包まれて見えなかった。ということは、ビルの鉄骨もかなりのダメージを受けたはず……。

ビルはどうにかしばらく持ちこたえていたが、衝撃に加えて火災によるダメージが蓄積したらしく、崩壊を開始した。

「うわ……」

僕は絶句した。怪獣映画の中でビルが壊れる光景など数え切れないほど見てきたが、それらがすべて間違っていたことを知った。実際の映像は特撮とはまるで違っていた。

まずビルの上層部が沈みこむように崩れだした。何百トンという鉄とコンクリートの落下の衝撃に耐え切れなかったのか、下層部も上から順にあっけなく崩れてゆく。膨大《ぼうだい》な量の塵埃《じんあい》が噴水のように噴き上がる。おそらく潰《つぶ》れてゆくビルの内部で空気が圧縮され、それが瓦礫《がれき》や埃《ほこり》を爆発的に押し出しているのだろう。火山爆発の噴煙《ふんえん》を思わせる灰色の塵埃は、ビルの谷間の街路を恐ろしい勢いで蹂躙《じゅうりん》してゆく。ニューヨーク市民が悲鳴を上げて逃げまどう。まさに阿鼻叫喚《あびきょうかん》。

もうひとつのビルも同じように崩れだした。不謹慎な感想だが、実にきれいに壊れてゆく。同時に、僕の現実感覚も崩壊した。こんな途方もないことが現実にあっていいのか。それこそドラマの中の出来事じゃないのか。

それにしても、なんとあっけない――僕は呆然《ぼうぜん》となっていた。ビルの中にいた人たちは避難したのか。取り残されていた人が大勢いたのではないか……？

僕の心の声が聞こえたかのように、女性の声が説明を再開した。

「ワールドトレードセンターの倒壊により、二六〇二人が死亡、二四人が行方不明になりました。この中には、救助に当たっていたニューヨーク市消防局の消防士三四三人、ニューヨーク市警の警察官二三人、ニューヨーク港湾管理委員会職員三七人が含まれます」

塵埃の噴水がようやく収まった時、一一〇階、屋上までの高さ四一七メートル、一時は世界一の高さを誇った二つの美しいビルは、完全に消滅していた。

昔の人からすれば、そんな建造物が存在したこと自体、魔法のように思えることだろう。その魔法が解けたのだ。重力に屈服したビルは、何万トンもの醜い瓦礫の山と化していた。その光景は原爆攻撃を思わせた。

続いて別の映像が映る。ペンタゴン――アメリカ国防総省の建物の側面が、無残に崩壊していた。

「三機目のアメリカン航空77便のボーイング757型機は、午前九時三七分、アメリカ国防総省に突入。六四人の乗員乗客と、国防総省に勤務していた一二五人が死亡しました」

次に映ったのは、地上に無数の破片が散乱している映像だった。

「四機目のユナイテッド航空93便のボーイング757型機は、午前一〇時三分、ペンシルベニア州シャンクスビルに墜落。四四人の乗員乗客は全員死亡しました。機内電話から乗客が家族にかけた最後の通話や、回収されたボイスレコーダーから、乗客がハイジャック犯に立ち向かったため、機のコントロールを奪い返されるのを恐れた犯人が、故意に機を墜落させたことが判明しています」

僕は頭がぼうっとなっていた。さっきから出てくる死者の数に圧倒されるばかりだった。いったい何千人が死んだんだ？　たった一日で……。

と、急に悲惨な映像が消え、解説者が画面に現われた。艶《つや》やかな黒髪、アーモンド形で輪郭《りんかく》のくっきりした美しい眼をした女性だ。容貌《ようぼう》はインド人のようにも見えたが、流暢《りゅうちょう》に日本語を話している。

「このように、本来の歴史では、九月一一日に起きた同時多発テロにより、実に二九七三人の犠牲者が出ました」

恐ろしいニュースのはずなのに、彼女はなぜか微笑《ほほえ》んでいた。そして、今までのニュースよりもさらに信じられないことを言いだしたのだ。

「しかし、ご安心ください。この事件は起こりませんでした。私たちガーディアンが阻止したからです」

ガーディアン。

その時点では、それは何かの組織の名のように聞こえた。しかし、「事件は起こりませんでした」とはどういうことだ？　今、テレビで流れたリアルな映像は何だ？

「前夜からひそかに地上に降り立っていた私たちのメンバーは、一般人にまぎれて、ボストンのローガン国際空港、ワシントンDCのダレス国際空港、ニュージャージー州のニューアーク国際空港で待機していました。そして、現地時間の午前七時から七時三〇分にかけて、搭乗手続きを行なおうとしていたテロリスト計一九名を発見して拘束《こうそく》、当局に引き渡しました。彼らの服や手荷物の中からは、巧妙に隠された凶器が発見されました。歴史は改変されたのです」

歴史改変⁉　何だ、それは⁉

その時、僕はようやくテレビの画面から目を離し、床に広げられていた朝刊の一面の大見出しに目をやった。

〈自衛隊基地襲撃される〉

〈謎の飛行物体で襲来〉

〈世界各地で同時？〉

〈「未来から来たロボット」と名乗る〉

「あの、今喋《しゃべ》ってる女の人、ロボットなんやて」真奈美が不安そうな声で言う。

「なんか二四世紀から来たとか言《ゆ》うたはるねん」

謎の飛行物体。

世界各地で。

ロボット。

二四世紀から。

いったい何だ、この非現実的なフレーズの数々は。これは本当に現実なのか。僕はまだ夢を見てるんじゃないのか。

「ゆうべのうちに、日本中の自衛隊の基地が襲われたんやて」と真奈美。「死人は出てないんやけど、戦闘機とか戦車とかみんな壊されたみたいよ。世界中で同じことが起きてるんやて」

「私たちに侵略の意図はありません」テレビの中の女性は喋り続けていた。「私たちガーディアンの使命は、あなたがた人間を保護することです。これから起きる自然災害、テロ、戦争、大事故などで、罪もない人々が犠牲になるのを防ぐこと。そのために未来からやって来たのです——実例をお目にかけましょう」

　彼女の胸のあたりにテロップが現われた。ゆっくりと画面左に流れてゆく。年月日、世界の地名、緯度・経度の情報、そしてＭいくつという数字だった。

〈２００１年10月12日15時02分（ＵＴ）／マリアナ諸島近海／北緯12・69度／東経１４４・98度／Ｍ７・３〉

〈２００１年10月19日03時28分（ＵＴ）／インドネシア・バンダ海／南緯４・１度／東経１２３・８度／Ｍ７・４〉

〈２００１年11月14日09時26分（ＵＴ）／中国・崑崙《コンロン》山脈／北緯35・95度／東経90・54度／Ｍ８・０〉

〈２００１年12月02日22時02分（ＪＴ）／日本・岩手県／北緯39・４度／東経１４１・３度／Ｍ６・４〉

〈２００１年12月18日13時03分（ＪＴ）／日本・与那国《よなぐに》島近海／北緯23・９度／東

経122・8度／M7・5〉
〈2002年01月02日17時22分（UT）／バヌアツ諸島／南緯17・6度／東経167・86度／M7・3〉
〈2002年02月03日07時11分（UT）／トルコ・ボルヴァディン近郊／北緯38・57度／東経31・27度／M6・2〉

リストはえんえんと続いてゆく。

「今、お見せしているのは、今後一〇年間に起きる主な大地震です。人口密集地で起きた場合、本来の歴史ではいずれも大きな被害が発生しています。最も多くの犠牲者を出したのは、二〇〇四年一二月二六日、インドネシア西部スマトラ島沖で起きたマグニチュード九・三の大地震です。インド洋沿岸諸国が津波に見舞われ、死者二二万人以上を出す大惨事になりました」

女は未来の出来事を過去形で話していた。

画面が切り替わった。ヤシの木が生えた、どこか南の国の海岸だった。そこに海から大量の水が押し寄せてきて、人がなすすべもなく押し流されていった。僕が初めて目にする映像だった。

さらに、ガラクタの混じった洪水に覆われた街路や、破壊された村、横たえられた何百という遺体、悲しみにくれる遺族、救助隊の活動などが、次々と映し出された。その下をなおも、これから起きる地震のデータが流れ続ける。二〇〇四年二月五日、ニューギニア島イリアンジャヤ。二月二四日、モロッコ北部。五月二八日、イラン北部テヘラン近郊。七月二五日、スマトラ島南部パレンバン近郊。九月五日、紀伊半島南東沖。一〇月二三日、新潟県中越《ちゅうえつ》地方……。

「お間違えないように。これは予測やシミュレーションではありません。オカルト的な予言でもありません。本来の歴史において実際に起きたことです。そして、この歴史においても、同じ日、同じ時刻に必ず大地震は起きます。私たちの力をもってしても、地震そのものを止めることはできません。しかし、起きる日時が事前に分かっていれば、対策は立てられます。みなさんのご協力があれば、犠牲者をほぼゼロにできるのです。

私たちが未来から来たことをお疑いの方もおられるでしょう。その証拠として、まもなく日本で起きる地震を二つ予告しておきます。明日、すなわち九月一三日午前五時四二分、熊野灘《くまのなだ》を震源とするマグニチュード四・四の地震が起こり、和歌山県新宮《しんぐう》市で震度三を記録します。同じく九月一三日午前七時二三分、小笠原父島《おがさわらちちじま》近海を震源とするマグニチュード五・五の地震が起こり、小笠原村で震度四を記録します。これらの地震では大きな被害は出ませんが、念のため、寝ている間に棚からものが落ちてきたりしないよう、ご注意ください。

繰り返します。これは予言ではありません。近い将来、必ず起きることです」

僕は女の話を聞きながら、視線をちらちらと新聞の紙面に走らせた。真奈美の言った通りだった。昨夜、午後一一時から午前一時にかけて、日本各地の陸上・海上・航空自衛隊基地に、菱形《ひしがた》をした黒い飛行物体が強行着陸した。レーダーはまったく感知できなかったらしい。着陸に前後して、基地内のすべての電子機器が使用不能になり、基地間の連絡も取れなくなった。侵入者は武器らしいものを携行しておらず、火器の発砲も確認されていない。しかし、侵入者に対して威嚇《いかく》または発砲しようとした自衛官は、原因不明の頭痛や吐き気《はけ》を訴えて倒れた。侵入者は易々《やすやす》と基地を制圧し、ほんの数十分で戦闘機や戦車やミサイルをすべて分解して使用不能にした。

同時に、侵入者たちは政府とマスコミ各社に対して声明を送りつけた。その中で彼らは、二三三〇年の未来から来たロボット集団ガーディアンと名乗り、「今後一〇年間、地球上のすべての戦闘行為を禁止する」と宣言した……。

「本来の歴史では、二〇〇一年の同時多発テロを発端《ほったん》に、アフガニスタン紛争とイラク戦争が起こりました。他にも、二一世紀中に世界各地で計三三回の国際紛争と内戦が起こり、失われた人命は二〇〇〇万人に達します。その何倍もの人が、戦争が原因である経済破綻《はたん》や飢餓《きが》によって死亡しました。私たちはこの悲劇を阻止します。戦争は起こさせません。

そのための最も単純かつ有効な手段として、当面、全世界の軍事力を凍結させていただきます。これはあなたがたの無理解により、私たちに対して攻撃が加えられるのを防ぐためでもあります。私たちはあなたがたを傷つける意思はありません。私たちは人命の保護をすべてに優先して行動しているからです。そのためには多少の強引な手段を取ることもあることをご理解ください」

多少の強引な手段？　昨日の夜から今朝の間に、日本の自衛隊だけでなく、世界中の軍事基地を制圧して、兵器をすべて使えなくしたというのか？　それが「多少」か？

ＳＦの世界では、Ｈ・Ｇ・ウェルズの時代以来、宇宙から強大な軍事力を持った侵略者がやって来る話はよくある。だが、たいていの場合、最終的に征服されるにしても、人類側もそれなりに奮闘するものだ。しかし、人類はろくに応戦もしないまま、たったひと晩で彼らに敗北したという。いったいこいつらはどんな大きな力を持ってるんだ?

「繰り返しますが、私たちに侵略の意図はまったくありません。報道の自由、言論の自由は完全に保証します。テレビ・新聞・雑誌が、私たちのことをどのように取り上げてくださってもかまいません。お知りになりたいことがあれば質問してください。何でも包み隠さずお話しいたします。

日本政府にも内政干渉《かんしょう》はいたしません。政治活動、経済活動はすべて、従来通り、みなさんにおまかせします。警察活動にも協力を惜《お》しみません。日本国民のみなさんはどうか落ち着いて、これまで通りの生活を続けてください。ただし、戦力を保持する自由だけは制限させていただきます」

喋り続けるガーディアンの女性。その画面の下には、テロップがいつ果てるともなく流れ続けている。二〇〇七年八月一五日、ペルー南部チンチャ・アルタ。九月一二日、スマトラ島沖メガ島。一一月一四日、チリ北部マリア・エレナ。二〇〇八年二月二〇日、スマトラ島沖シムルエ島。五月八日、茨城県沖。五月一二日、中国・四川《シセン》省……。

「これまでの私たちの経験からすると、これからしばらくの間、悪質なデマがはびこることでしょう。私たちが人類の滅亡を企《たくら》んでいるとか、人間の頭に機械を埋めこんでロボットに改造しようとしているとかいった、荒唐無稽《こうとうむけい》な話です。しかし、それは根拠のない被害妄想《もうそう》であることを、あらかじめ断言しておきます。私たちは人間を守るためにやって来たのですから」

画面が切り替わった。アフリカのどこかの難民キャンプのようだった。赤茶けた地面の上に、見たこともない黒い菱形の大きなマシンが着陸していて、その周囲に何百という人がむらがっている。マシンから物資が下ろされ、青いつなぎを着た男女の手によって、食糧や水のパックらしいものが配られていた。

「私たちはすでに救援活動を開始しています。これはウガンダの難民キャンプで撮影された映像ですが、他にもアフリカやアジアの各地に着陸し、生命の危機に直面している人々に食糧や医薬品を配り、病気の人を治療する活動を行なっています」

カメラは配給を行なっている男女の顔を撮影した。男女比は半々か、もしくは女性がやや多いように見えた。白人・黒人・アジア系など様々だが、いずれも若い美男美女ばかりなのが不自然に感じられた。

小さな黒人の子供が画面に映った。椅子《いす》に腰掛けているが、栄養失調で手足が信じられないほど痩《や》せ細り、下腹部は膨《ふく》れている。金髪の美しい女性が、笑顔を浮かべ、スプーンで何かを飲ませていた。子供は大きな眼をきょろきょろさせ、カメラを気にしているようだった。

「不安になられるのは分かります。にわかには信じられないという方も多いでしょう。しかし、どうか私たちを理解し、信頼し、受け入れてください。この地球には今、飢えや病気や虐待《ぎゃくたい》によって苦しんでいる人が大勢います。私たちガーディアンは、みなさんをそんな悲劇から救うためにやって来たのです。私たちが望むのは、罪のない人々が傷つけられることのない世界です」

女性の自信にあふれた微笑みを最後に、映像は終了した。朝のニュース番組のスタジオが映る。途方もない内容にキャスターも困惑しているようだったが、それでも冷静さを保とうとしているように見えた。

「えー、今ご覧いただいた映像は、つい一時間前、ガーディアンと名乗るグループから、全国の民放各局およびＮＨＫに送られてきた新たな声明です――山添《やまぞえ》さん、これをどうご覧になられましたか？」

「正直言って、タイムマシンとかロボットとか、とても信じられない話ですが」年配の政治解説者はさすがに苦笑していた。「ただ、常識では考えられない事件が起きたことは事実のようですね」

「犯行声明……という雰囲気ではなかったように思えましたが」

「しかし、軍事基地をいきなり襲撃するというのは、明らかに戦闘行為ですし、これを侵略と受け取るなと言われても困ってしまいますね。いくら死者が出ていないといっても、国家の財産が破壊されたわけですから。国際法の観点からも……」

退屈な話になりそうだったので、チャンネルを替えた。どこの局も同じニュースをやっているようだ——いや違う、NHK教育は『忍たま乱太郎』を、テレビ大阪は『のりものスタジオ』を放送していた。ドン・ファンと子供たちが「ピーポーピーポー」と踊っている。非日常的な事態の中で、ちゃんと日常的な営みも行なわれていることは、安心を覚えると同時に、どこかシュールな感じがした。

とりあえず、五か月遅れのエイプリル・フールではないことは確かなようだ。ガーディアンからの声明をまだ流している局もあった。別の局は、どこかの基地のゲートの前から、レポーターが中継していた。画面右上隅に〈航空自衛隊百里《ひやくり》基地から中継〉と出ている。台風が去った後の関東地方は、よく晴れているようだった。

「あ、百里基地や」

と真奈美が言う。彼女は新谷《しんたに》かおるの『ファントム無頼《ぶらい》』のファンなのだ。

「なあ、ファントムも壊されたん?」

「んー、百里のファントムってまだ現役やったっけ？　僕もミリタリーはあんまり詳しないからなあ……」

　画面の中では、レポーターが防衛庁からの発表を読み上げていた。百里基地では、第２０４飛行隊のF－15が二三機、第３０５飛行隊のF－15が一五機、破壊されたという。

「破壊というのは、爆破されたとか、そういうのではないんですね？」とスタジオのキャスターが訊《たず》ねる。

「はい。目撃者の話によりますと、無数の小さなロボットが格納庫に入ってきて、ほんの数十分で機体を分解し、エンジンと機関砲の主要部品、武器の管制装置などを持ち去ったそうです。弾薬庫にあったミサイルもすべて分解され、機関砲の弾薬も持ち去られました」

　レポーターが喋っている間、画面には基地内を望遠で撮影した映像が映っていた。

「ガーディアンの方では、再度の襲撃は行なわないと宣言しているんですが、基地では念のため、攻撃に備えて緊急警戒態勢に入っています」

「あれ？　ファントムあるやん」

真奈美が声を上げる。滑走路で待機している迷彩色《めいさいしょく》のファントムが映っていたからだ。同じ疑問はスタジオのキャスターも抱《いだ》いたらしい。「角田《かくた》さん、今、画面に映っているのは戦闘機ではないんですか？」と質問する。

「今、映っているのはですね、RF－4Eという偵察機《ていさつき》です。機関砲やミサイルは搭載《とうさい》しておりません」

なるほど、偵察機は無害と判断されたのか。しかし、緊急警戒態勢といっても、また連中が襲撃してきた場合、武装のない偵察機でどう対処するのだろうか。カミカゼぐらいしか手はなさそうだが。

「あれ、飛行機？」と美月。

「そう、ファントムて言うねん」と真奈美。「乗ったはる人たち、かっこええねんで」

いや、それはマンガの話だって。

各地の航空自衛隊基地で破壊された機体は、F－15J、F－15DJ、F－1、F－4EJ、それに三沢基地に配備されたばかりの最新鋭のF－2などで、偵察機、哨戒機《しょうかいき》、練習機、輸送機はまったく被害を受けなかったらしい。ヘリコプターでは、陸上自衛隊の攻撃ヘリAH－1Sが破壊されただけで、やはり輸送用や救難用のヘリは無傷だという。すべての基地が襲撃を受けたわけではなく、戦闘機や攻撃ヘリや戦闘用車両を配備していないために、襲撃を受けなかった基地もある。

海上自衛隊の場合も同様で、護衛艦や哨戒艇は海上を航行中のものも含めてすべて、よく分からない方法で電子機能を麻痺《まひ》させられたうえ、ミサイルと火器を破壊され、弾薬を持ち去られた。潜水艦まで強制的に浮上させられ（どうやったのだろう?）、ミサイルや魚雷発射管を破壊された。しかし、補給艦や輸送艦はまったく無視された……。

どうやらガーディアンに侵略の意図がないというのは本当のようだ。武力で人類を征服するつもりなら、こんな面倒なことをしなくても、自衛隊基地の設備はすべて破壊し、艦艇は沈めてしまえばいい。ガーディアンが使用した謎の武器で気分が悪くなり、病院に搬送された者は大勢いるというが、今のところ死者は一人も報告されていない。

だいたい、武器やエンジンを壊されたぐらいなら、すぐに修理できそうな気もするんだが、どうなのだろう。

「なあ、美月、幼稚園に連れてってもええんかしらん?」

真奈美の言葉が、僕を日常に引き戻した。

　幼稚園の送迎バスは、我が家のすぐ近くに止まる。しかし、去年の冬、車内の暖房が効きすぎて美月が汗疹《あせも》になったので、妻は自転車による送迎に切り替えていた。

　だが、春になって暖房が切られても、バスに乗せようとはしない。ずっと自転車送迎を続けていた。「汗疹《しよ》の心配がなくなったんやからバスに乗せりゃええやん」「そんな不必要な労働を背負いこまんでも」と僕は言うのだが、妻はどうしても言うことをきかない。朝の日課になったことをやめたくないし、幼稚園まで子供を送るぐらいたいした苦ではないと言う。彼女は真面目《まじめ》すぎるところがあるのだ。他人のために自分を犠牲《ぎせい》にすることをいとわない。看護婦を目指したのも、その性格のためだろう。僕は彼女を理屈で説得することをあきらめていた。

「ああ、幼稚園か……」

　僕は考えこんだ。ガーディアンの正体にはまだ謎めいたところがあるが、これまでのやり方から考えて、民間人を虐殺したりすることはまずなさそうだ。下手《へた》に右往左往するより、彼らの言う通り、これまで通りの日常生活を続けるべきだろう。

「まあ、だいじょうぶやろ。僕の仕事場の方が幼稚園に近いから、いざとなったら駆けつければええんやから」

「ほな、連れてくわ。そろそろ時間やし」

美月を着替えさせ、幼稚園の黄色いバッグを持たせると、真奈美は唇を突き出した。僕はキスをした。

続けて美月にもキスをする。娘はマザコンなので、僕と真奈美がキスをしているとやきもちを妬《や》くのだ。だから妻にキスする時は、必ず娘にもしてやらねばならない。

「じゃあ、行ってきます」と真奈美。「何かあったら電話するから」

「うん。無理せんように」

「パパもちゃんとお仕事してね」

「はいはい」

僕は笑顔で二人を送り出した。

しかし、とても仕事をする心境にはなれなかった。


仕事場のマンションまでの道を歩きながら、僕は考えていた。

若い頃、ＳＦを読みながら、いつも不満に思っていたことがある。

どうして世界はこんなに平凡なのか？

ＳＦの登場人物たちはしょっちゅう非日常的な事件に遭遇《そうぐう》している。地球に潜入している異星人と知り合う。目の前にタイムマシンが出現する。パラレルワールドに迷いこむ。近所に住んでいる変人発明家がおかしな機械を発明する。すごい超能力に目覚める……しかし、それはみんな本の中だけのことだ。

なぜ僕の目の前には、異星人や未来人や異世界人が現われることも、次元の裂け目が開くこともないのか。「そんなこと起きるわけがないから」というのは、理屈では分かっている。でも、僕はそれが悔《くや》しかった。ＳＦ的な事件に遭遇することを熱望していた。宇宙のどこかにはきっと知的生命体がいるはずだから、地球にやって来たっていいじゃないか。タイムマシンがあったっていいじゃないか。どうして僕はＳＦの登場人物たちと違い、こんなにも平凡でつまらない世界に生きなくてはならないのか——それが不条理でしかたなかった。

だが、実際に起きてみると、それはひどく不安なことだった。

それは僕がすでに自由な独身じゃないからかもしれない。妻と子供を愛している。家庭の幸せを最優先に考えなくてはならない。こんな途方もない事件が起きて、いったい世界はどうなるのか。僕は妻と娘を守っていけるのか……？

頭の中でＳＦの知識を検索する。参考になりそうな、似たようなＳＦはあっただろうか？　しかし、タイムマシンによる歴史改変ものというと、ローマ時代とか戦国時代とか太平洋戦争とか、遠い昔が舞台のものしか思い浮かばない。現代が歴史改変される話は記憶にない。

どっちみち、ＳＦの知識が何の役に立つだろう。それはしょせんフィクションであって、現実の話じゃない。現実の月着陸も、現実のコンピュータの進歩も、ＳＦの中で描かれたものとはぜんぜん違っていたじゃないか。

仕事場に着くとすぐ、テレビをつけた。あちこちの局をザッピングし、情報を集める。

ガーディアンの声明のより詳しい内容も分かった。それによると、彼らは歴史を一年ごとに遡《さかのぼ》っては、そこに一〇年間滞在し、歴史を改変するということを繰り返しているらしい。前回は二〇〇二年の世界に到着し、二〇一二年まで滞在してから、二〇〇一年にやって来た。二〇一一年になったらこの世界を去り、今度は二〇〇〇年に向かうという。こうして人類の歴史を遡りながら、世界がより良い状態になるように改変しているのだ。改変された歴史は本来の歴史から分岐《ぶんき》し、パラレルワールドになる……。

ガーディアンがロボットであることを証明する映像もあった。テレビカメラの前で、一体のガーディアンが服をまくり上げ、腹を露出《ろしゅつ》している。そこには皮膚《ひふ》はなかった。かといって、モーターや歯車やピストンのようなものもない。うねうねと曲がった金属のチューブ、毛細《もうさい》血管のように分岐した透明な繊維状のもの、よく分からない金属製の箱や球体が詰まっているのだった。

海外からのニュースも入ってきていた。すぐに分かったのは、ガーディアンが阻止したのはテロや戦争だけではないという事実だった。

日本時間の昨夜から今朝にかけて、アメリカやヨーロッパの各地で、実に多くの路上強盗やコンビニ強盗、レイプ犯が逮捕されていた。いずれも、ガーディアンがその場に居合わせたり、被害者が事前にガーディアンから警告を受けていたりしたために、未遂《みすい》に終わっていた。

オーストラリアのパースでは、深夜、走行中の車がガーディアンによって強制的に停止させられ、ドライバーがひきずり出されて、駆けつけてきた警官に引き渡された。男は飲酒運転をしており、本来の歴史では大事故を起こして四人を死なせているはずだったという。

ドイツのレーゲンスブルク郊外では、ガーディアンが化学工場を訪れ、機械の再点検を要求した。その日、バルブの欠陥《けっかん》が原因で爆発事故が起こり、従業員八人が重軽傷を負うはずだという。工場長が疑いつつも調べてみると、まさしく指摘されたバルブに欠陥が発見され、事故は未然に防がれた。

ロンドンでは、痴情《ちじょう》のもつれから男を射殺しようとした女が、その寸前にガーディアンによって取り押さえられた。女は殺人未遂で警官に逮捕された。

アメリカのイリノイ州では、ガーディアンからの電話による通報を受けて救急隊が出動、独居老人の住むアパートに駆けつけた。室内では老人が脳梗塞《のうこうそく》で倒れていた。本来の歴史では、発見が遅れたために死んでいたのだという。

同じくカリフォルニア州では、ガーディアンが民家に踏みこんできて二歳の幼児を連れ去り、警察に引き渡した。子供の体には虐待行為の痕《あと》があった。警察はただちに両親を幼児虐待の容疑で連行した。

日本でも富山県で、深夜に帰宅途中だった若い女性が、尾行してきた男に暴行を受けそうになったが、飛び出してきたガーディアンが男を取り押さえ、警察に突き出した。和歌山県では、車で帰宅しようとしていた男性がガーディアンに止められ、「タクシーで帰るように」と言われた。パースの場合と同様、彼も飲酒運転で事故を起こすはずだったのだ。青森県のアパートでは、住人が寝ているところにガーディアンがドアを壊して踏みこんできて、畳の上でくすぶっていたタバコを踏み消し、「今後は気をつけてください」と警告して立ち去った……。

ニュースは次々に飛びこんでくる。例の旅客機によるテロ以外にも、この半日ほどの間に、ガーディアンは全世界で何千人もの人間を救っているようだ。

ガーディアンの飛行物体をとらえた鮮明な映像もいくつもあった。これには興奮した。黒い菱形の機体が空中にホバリングしたり、水平にスライドするように飛行したり、ものすごい加速で急上昇して雲の中に消えたりするのだ。ＵＦＯマニアなら大喜びだろう。

僕はその映像を録画し、何度も繰り返し見て、推理をめぐらせた。こんな形状に航空力学的な必然性はありそうにないから、おそらくステルス性を重視したデザインだろう。丸みを帯びた機体だと、レーダー波を全方向に反射してしまうからだ。表面が黒いのは電波吸収材を貼っているからか。地表から垂直に飛び上がるところを見ても、何かを噴射しているようには見えない。反重力？　いや、反重力なんて等価原理から不可能だ。おそらく何か見えないものを噴射しているに違いない。人体では耐えられそうにないあの加速も、乗っているのがロボットだとしたら納得できる……。

知識人が出演してディスカッションをしている番組もあった。少し観てみたが、まだ「未来から来たロボット」という話を疑っている者が多かった。中国からの情報があまり入ってきていなかったため、「中国の新兵器じゃないか」と言いだす者までいた（現代の技術であんなマシンが作れるものか！）。「日本はこれからどうなるんでしょう」という司会者の問題提起にも、トンチンカンな発言ばかりが飛び出し、すぐにうんざりとなった。考えてみれば、こんな事件に専門家などいるはずがない。人類がまだ誰も体験したことがないし、予想したこともない事態なのだから。

どうせならSF作家を呼んでこい、と僕は思った。小松さんとか筒井さんとか。役に立つかどうかは分からないが、少なくとも気の利いたコメントはしてくれるはずだ。

昼過ぎ、電話がかかってきた。角川書店の担当編集の主藤雅章《しゅどうまさあき》さんだ。

「どうなんですか、東京の様子？」

「騒がしいですよ。編集部もなんか浮き足立っちゃってて。俺たち、こんなところでマンガとか小説とかの編集しててていいの？　みたいな」

「でしょうね」

「でも、仕事しないわけにもいきませんからねえ。雑誌にしろ単行本にしろ、ちゃんと発売日に出さなきゃいけませんから」

「まあ、そうですよね」僕は苦笑した。「僕も原稿書かないとね」

「で、いかがですか、『神のメッセージ』の方は？」

「ああ、それなんですよねえ……」

　僕は今朝からずっと、そのことで悩んでいたのだった。

『神のメッセージ』は書きかけている長編ＳＦの仮題だ。完成したら、僕の初のハードカバー長編になるはずの作品だ。書きはじめたのは一昨年の暮れだったが、九章の途中まで書いたところでストップしている。全体の構成からすると、約三分の一というところか。このペースだと、完成させるのにあと何年かかることやら。

　僕が好きなパラノイアＳＦ――「この世界は実は現実ではない」というアイデアに、これまた僕の趣味の超常現象や宇宙論をからませた話だった。この世界は超越的な知性が創造したコンピュータ・シミュレーションであり、世界の創造主、すなわち神が、超常現象を通じて人類にコンタクトしてくる……という設定だ。

　筆が進まない理由はいくつもある。内容が内容なだけに、科学とか宗教とか歴史とか世界情勢とか、調べなくてはいけないことが多くて骨が折れるということがひとつ。話が陰鬱《いんうつ》なもので、書いているとこっちまで気が滅入《めい》ってくるというのもひとつ。自分はこんなシリアスな話は向いてないいんじゃないかという気さえしてくる。こういうのを書いていると、〈ギャラクシー・トリッパー美葉《みは》〉のようなオバカな話を、また書きたくなってくる。

さらに困るのは、書いている途中で、「この小説は本当に面白いのだろうか」と疑問に思えてきたことだ。ヘンリー・カットナーも『マイ・ベストSF』で言っているが、作家というのは書いている間、「この話は自分のいままでの作品のうちでも最高だ、いや、ほかの人が書いたもののうちでも最高かもしれないぞ」という幻想を維持していなくてはならないものだ。誇大妄想でもいい、結果的に失敗作でもかまわない。カットナーが言うところの「精神錯乱的陶酔《さくらんてきとうすい》状態」こそ、作家を先に進ませるモチベーションなのだ。

ところが『神のメッセージ』の場合、執筆に時間がかかりすぎたせいで、その狂騒《きょうそう》が冷めつつある。こうなると苦しい。「失敗作かもしれない」「このへんでやめといた方がいいんじゃないか」という疑問を抱きながら書き続けるのは、重荷を背負って階段を昇るような苦行だ。

さらにこの事件だ。

「こんなことが起きちゃったら、話をかなり変えなきゃいけませんよね」と主藤さん。

「いや、変えるどころか、つじつま合わせるの無理ですよ。だって、あの小説の中じゃ、二〇一二年に、世界がコンピュータ・シミュレーションであることが明らかになるって設定なんですよ？　ガーディアンの知ってる歴史の中で、二〇一二年にそんな事件が起きてないんだとしたら――まあ、起きてるとは思えませんけど――つじつまの合わせようがないじゃないですか」

「ああ、そうかあ――でも、ここまで書いたのにボツにするのももったいないなあ。何とかなりませんかね？」

「うーん、考えてはみますけど……」

いちおうそう答えたものの、僕はかなり絶望的になっていた。

電話を切ってから考えこむ。これまで小説は時代の変化の中で生き残ってきた。少しぐらい世界が変わったって、現代小説の大半は生き残れる。ミステリやホラーもたいした変化はないんじゃないかと思う。歴史ものや異世界ファンタジーなどは、まったく影響を受けない。これからも書き続けられるだろう。

だが、ＳＦはどうだ。

本物のタイムトラベラー、本物のロボットが出現した今、それらを題材にした作品が大きな制約を受けるのは確かだ。まだガーディアンがどんな方法でタイムトラベルしてきたのかは分からないが、それと違う方法を書くことは許されなくなる。宇宙ものはどうだろう？　タイムマシンがあるぐらいだから、二四世紀になったら超光速航法は実用化しているのだろうか？　そうだったらいいが、もし「光より速く移動するなんて不可能です」と彼らに宣言されたら、スペースオペラはほぼ全滅だ。

無論、「二〇二六年、小惑星が地球に衝突する」とか「二一九九年、地球が異星人の侵略を受ける」とかいった話も書けなくなる。「そんなことは起きませんでした」と言われたらおしまいだ。ガーディアンの言う通り、本来の歴史で起きたのと同じ日時に地震が起きるというなら、本来の歴史で起きなかった小惑星の衝突や異星人の侵略は、この改変された歴史でも起きるはずがない。

昨日まで、二〇一二年は「近未来」だった。だが、今はもう違う。二三三〇年から来たガーディアンにとって、それは「歴史」なのだ。

いつか書こうと構想している作品をかたっぱしから思い出してみて、愕然《がくぜん》となった。どれも異星人が地球に来る話とか、逆に地球人が他の星に行く話とか、タイムトラベルする話とか、近未来に大異変が起きる話とかじゃないか。じゃあ、僕は何を書けばいいいんだ？　どうやって妻と子を食わせてゆく？

いや待て。絶望するのは早い。まだ彼らについては分からないことが多すぎる。ひょっとしたら、新たなＳＦのネタになるような話題を提供してくれるかも……。

チャイムが鳴った。宅配便だろうか。僕はインターホンの受話器を取った。

「はい」

「は？」

「ガーディアンです」女の声だった。

「ガーディアンです」

僕は混乱した。いたずらか？　それとも本当にガーディアンが訪問して来たのか？　何のために？　もしかして危険人物を抹殺しに来たとか？　いや、自慢じゃないが、僕は命を狙われるような重要人物じゃない。だいたい、殺しに来た奴がインターホンを鳴らして「ガーディアンです」と名乗ったりするものか。

疑問に思いながらも、ドアレンズを覗《のぞ》いた。歪《ゆが》んだ視界の中に立っていたのは、ごく普通の格好《かっこう》をした若い女性だった。やっぱりいたずらか？　警戒しつつ、ドアを開ける。

けっこうな美人だった。僕より少し背が低い。人間なら高校生ぐらいか。ショートカットで理知的な顔に、嫌味にならない程度のかすかな笑みを浮かべている。

「初めまして、山本さん」彼女は鈴を鳴らしたような美しい声で言った。「私はカイラ211。ガーディアンです。あなたにお話ししたいことがあってうかがいました」

コンタクト

未来から来たロボットだと称する娘がいきなり訪ねてきたら、普通の人はいったいどんな反応を示すだろうか。

最初の数秒は、どう対処すべきか分からず、呆然《ぼうぜん》となるのではないだろうか。僕もそうだった。笑っていいのか怖がっていいのかも分からず、入口のドアを半分ほど開けた状態で立ちすくみ、カイラ２１１と名乗る娘を見つめたまま、言葉も出なかった。原始の本能に従って、未知のものに対する警戒心を抱くことすら困難だった。彼女はあまりにも人間そっくりで、しかもにこやかな笑みを浮かべた美少女ときている。とても危険な肉食獣には見えないのだ。

そもそもこの娘は本当にガーディアンなんだろうか？　間近で見る肌の質感は、

人間とまったく変わらない。ショートカットで眼が大きく、ややハーフっぽい印象もあるが、「日本人です」と言っても十分に通用する容貌《ようぼう》だ。服装だって秋にふさわしい白く清楚《せいそ》なブラウスとティアードスカートで、ちっとも未来のファッションには見えない。どこかのブティックの紙袋を提《さ》げていて、買い物帰りにふらりと立ち寄ったという風情《ふぜい》だった。

もしかしたら、自分をロボットだと思いこんでいる頭のおかしい奴なのか？　そういう連中がやって来ても不思議はない。オカルトやらＵＦＯやらの嘘を暴《あば》く本を出している関係で、編集部気付で届く読者からの反響の手紙の中には、明らかに変なものもちょくちょくある。僕が世界を支配する陰謀組織に狙われていると警告するものやら、相対性理論が間違っていたことを証明したと主張するものやら……さすがに、家や仕事場に押しかけてきたことはまだないが。

いや待て。彼女は確かに「山本さん」と言ったぞ。この部屋の入口には部屋番号だけで表札は出していない。ここが作家・山本弘の仕事場だと知っている人間は、仕事関係以外では、そんなに多くはいないはずなのだが。

僕の困惑を察したのか、カイラは微笑《ほほえ》みながら言った。

「証拠をお見せしましょうか？」

「……ええ」

「少し気味悪いかもしれませんけど」

そう言って、あかんべえをするかのように、かわいらしく右眼の下に人差し指を当て、軽く下瞼《したまぶた》をひっぱった。僕はぎょっとした。右の眼球だけがくるりと裏返ったのだ。眼球の裏側は黒っぽい材質でできていて、銀色の微細な紋様のようなものがびっしり刻まれていた。

「他にも、こういうのも――」

彼女は眼球を元に戻すと、左手首にはめた腕時計を僕に見せた。時計が文字盤ごとハッチのようにぱくりと開き、その奥にあるものが露出した。手首の中は空洞になっていて、貫通している金属の骨格や、それを取り巻く細いチューブ類が見えた。

彼女は僕を見つめ、いたずらっぽい笑みを浮かべた。

「信じていただけました?」

「……はい」

こんなものを見せられてまだ信じない人間がいたら、それこそ頭がおかしい。

「ここではなんですから、できれば中でゆっくりお話がしたいのですが。今、お忙しいでしょうか？」

そう喋《しゃべ》る彼女の口調も、人間のそれとまったく同じで、違和感はない。

「……あ、いえ、そんなことありません。どうぞ」

冷静に思い返してみると、その時の僕はかなり混乱していたに違いない。二四世紀の未来から来たアンドロイド、まだ敵か味方かも、どんな力を持っているかも分からない得体《えたい》の知れない存在を、ほいほいと部屋に入れるなんてどうかしている。しかし、彼女の態度は礼儀正しくて友好的だったし、何も話を聞かずに締め出すのも失礼な気がしたのだ。もちろん、ガーディアンに対する好奇心もあったのだが。

「おじゃまします」

彼女は靴《くつ》を脱いで上がってきた。仕事部屋に隣接したリビングルームに案内する。無精者《ぶしょうもの》の僕のこと、部屋はひどく散らかっているが、ロボットはきっとそんなことは気にしないだろうと、都合よく解釈した。

それよりも考えなくてはならないことが多すぎた。なぜガーディアンがわざわざ僕を訪問してきたのか。どう考えたって、僕は重要人物なんかじゃない。それとも、『ターミネーター』のサラ・コナーのように、自分では気がついていないが、僕は人類存亡の鍵を握る人間なんだろうか……？

そんなことは信じられない。というか、信じたくない。僕は若い頃から、ずっと劣等感とともに生きてきた人間だ。学校の成績だけは良かったが、体力はからきしで、喧嘩《けんか》に弱くて、女の子にも縁がなく、暗くて、世間の常識を知らなくて……だからこそ、その劣等感をバネに、唯一の才能である小説のスキルを伸ばし、「いつか有名な人間になってやる」とがんばってきたのだ。今の僕があるのは、まさに僕が凡人だったからだ。今さら「実はあなたは偉大な人物だったのです」とか言われても、全力で否定する。

床に放りっぱなしの本やビデオテープを蹴飛ばしてスペースを作り、「どうぞ」と座布団《ざぶとん》を勧める。ロボットに座布団が必要かどうか分からなかったが、とりあえずこちらも礼儀正しく接するべきだと思ったのだ。カイラは「ありがとうございます」と言って、人間とまったく変わらないしぐさで正座した。いや、むしろ人間よりも優美な感じさえした。

（膝関節《しつかんせつ》がちゃんと一八〇度曲がるんだな）と、僕は妙なことに感心した。プラモデルやフィギュアを作っていると、人間の関節の可動範囲がいかに広いか、あらためて思い知らされる。二〇年ほど前に初めて発売された『ガンダム』のプラモデルに比べて、最近のロボットのプラモデルはかなり精密になってきてはいるが、それでも正座させたりあぐらを組ませたりすることはまだ困難だ。

彼女は外見だけでなく、しぐさまで完璧《かんぺき》に人間を模倣《もほう》できるようだ。HONDAが開発しているロボットのぎこちない動きとは、まったく比較にならない。これが三〇〇〇年の技術の差か。しかし、内面はどうなのだろう。考え方も人間と同じなのだろうか。

僕は彼女と向き合って座った。何を話していいのか分からない。こんなに緊張したのは、結婚を承諾してもらうために真奈美《まなみ》の両親にあいさつに行った時以来だ。だいたい、ロボットと正座して話をする場面なんて、ドラマやマンガの中でさえ見たことがない……。

「メトロン星人と会話するモロボシ・ダンの心境ですか？」

「は？」

「二〇〇二年のあなたがそうおっしゃったんです。同じシチュエーションで」

ちくしょう、確かに僕なら言いそうなことだ。

「ということは、前にもこの部屋に？」

未来なのに「前にも」という表現は変だが、そう言うしかない。

「これで九回目の初訪問になります」彼女も変な表現をした。「初めて訪問したのは二〇〇九年の一二月です。それ以来、二〇〇八年、二〇〇七年、二〇〇六年、二〇〇五年と、毎年、その時代に到着するとすぐ、ここを訪れることにしています」

彼女はふと周囲を見回し、テレビの近くに他のガラクタといっしょに放り出されている人形に目を留めた。

「まだ完成してないんですね、チャイカ」

「え？　ええ……」

その頃の僕の趣味はカスタマイズ・ドールだった。全身の関節が可動する「素《そ》体《たい》」と呼ばれる人形を買ってきて、自分で顔をペイントしたり、コスチュームを自作したりするのだ。従来の着せ替え人形の延長で楽しむ女性以外に、プラモデル感覚で楽しむ男性のマニアも多く、ドール関係のイベントに行くと、客やディーラーの半数近くが男性である。

カイラが訪れた時、造っていたのは、これからスニーカー文庫の〈百鬼夜翔《ひやつきやしよう》〉シリーズの一編として書く予定の、「水色の髪のチャイカ」という中編の主人公・チャイカの人形だった。未来から一人の少女を守りに来た戦士という設定で、人間の六分の一のサイズ、半分生体で半分機械のようなキャラクターである。コスチュームを縫《ぬ》う技術は僕にはないので、プラモデルのジャンクパーツを組み合わせて既《き》製《せい》のコスチュームにくっつけ、従来の人形にはないオリジナリティを出そうと思っている。コウモリの翼のような形のシールドが開閉して上半身を覆《おお》う機構に、けっこう苦労していた。

製作にはすでに十数時間も費やしている。いちおう「キャラクターの人形を造るのは執筆の参考にするため」という大義名分はあるが、本当にこんな作業が創作のために必要なのかどうか、自分でも疑問だ。単なる遊びなんじゃないかという気もする。妻は僕が仕事場で原稿を書いていると思っているので、妻を裏切っているような気がして、少しばかり良心の呵責《かしやく》も覚えている。

「完成してたんですか、未来では?」

「ええ。二〇〇二年のあなたは、バインダーが展開してアニヒレーターが出てくる機構とかを、嬉々《きき》として説明されてましたよ」

参った。僕の心から完全に疑念が吹き飛んだ。「水色の髪のチャイカ」はまだ構想だけで、一行も書いてはいない。アニヒレーターという武器の名前はもちろん、チャイカという名前すら、誰にも話していない。それを知っているということは、確かに彼女は未来の僕に会ったとしか考えられない。

「『水色の髪のチャイカ』も読みました。私たちの感性は人間とは異なるので、作品の情緒面《じょうちょめん》についてては評価できませんが、とてもあなたらしい作品だと感じました。特にマンガ家が本音を語るシーンで、あなた自身のキャラクターにかける想いが赤裸々《せきらら》に語られているのが興味深かったです」

まだ書いていない小説で褒《ほ》められるのは、なんともくすぐったい。しかもロボットに。

「で、いったい用件は……？」

「その前に」カイラは手を軽く挙げて、僕の質問を制した。「録音か録画の用意をされた方がいいんじゃありませんか？」

「あっ、そうか！」

言われてみれば当然だ。こんな貴重な体験、記録しないともったいない。

僕の仕事場の書庫には、ＵＦＯコンタクティ――宇宙人と出会ったりＵＦＯに乗せてもらったと主張する連中の本が何冊もある。ジョージ・アダムスキー、ラエル、トゥルーマン・ベサラム、ダニエル・フライ、オスカー・マゴッチ……彼らの共通点は、テープレコーダーを持っていないし、メモを取っている様子もないのに、宇宙人との長い会話を何十ページにもわたって本に書き記していることだ。そんなことはありえない。自分が数日前に誰かと話した内容をどこまで正確に思い出せるか、やってみればいい。つまりそうした本はすべて嘘っぱち、フィクションなのだが、コンタクティ信者はそんな簡単なことにも気づかないのだ。

宇宙人ならぬ未来から来たロボットとのコンタクトという、とびきり非日常的な状況に立たされ、僕はうろたえた。部屋の中をきょろきょろ見回す。ビデオカメラは家の方に置いてある。テープレコーダーはたまに仕事で使うことがあるから、仕事場のどこかにあるはずだが……さて、どこにしまったっけ？

「よろしければ、機材をお貸ししましょうか？」

僕が部屋の中をあたふたと探し回っていると、カイラは紙袋から水色の卵のようなものを取り出した。プラスチックみたいな材質で、一方の端が透明になっており、レンズらしきものが内部に見える。これが未来のビデオカメラか？

それを床から五〇センチほどの高さに掲げる。と、卵の下から髪の毛のように細い繊維が何本も生えてきた。フェルト貼りの床に達すると、先端が蚊《か》取《と》り線香のようにに渦を巻き、床に密着して卵を支える。その細さにもかかわらず、かなりの強度があるらしく、カイラが手を放しても、卵は空中にしっかり固定されたように動かなかった。

カイラは次に見慣れたＡＶケーブルを取り出し、卵の側面のジャックに挿《さ》しこんだ。ケーブルの反対側の端を僕に差し出す。

「これをビデオデッキに接続してください。信号の形式はこの時代の機材のものに合わせてありますから、録画できます」

そこは手作業か。

僕は指示通り、ケーブルをビデオデッキにつないだ。テレビのスイッチを入れると、画面には卵型のカメラが撮影している映像が現われた。空《から》のＶＨＳテープをセットし、録画ボタンを押す。

（というわけで、ここから先の会話は、録画したビデオの内容に基づいて忠実に再現している。こういう断りを入れない場合、つまり録音やメモを取っていない場合、記憶に基づいて小説風に構成しているので、記憶違いや脚色《きゃくしょく》が含まれており、必ずしも実際の体験そのままではないことを了承してほしい）

「まずお知りになりたいのは、私があなたを訪問した目的ですね？」

「ええ」

「簡単に言えば、ＡＱ――知り合いになるためです」

「知り合い？」

「テレビを通して、私たちの声明はご覧になりましたね？」

「ええ」

「しかし、テレビ越しに語りかけるだけでは、真の信頼関係を築くことはできません。私たちの言葉を信じられず、不安や恐怖を覚える人が大勢います。信頼関係を築くために必要なのは、個々の人間と直接コンタクトし、お互いに深く知り合うこと。できれば友情を結ぶことです。私たちが人類に敵対する存在ではないことを知っていただくには、それが最も有効な手段だからです」

「つまりこれは広報活動？」

「そういうことになります」

「だったら、僕なんかじゃなくて、政治家とか科学者のところに行けば……？」

それがＵＦＯコンタクティ本のもうひとつのツッコミどころだ。宇宙人は「早く地球人に真実を知らせたい」などと言うくせに、政治家や科学者や評論家のような社会的影響力の大きい人物ではなく、無名の一般人にばかりコンタクトしてくるのだ。

「そうした人たちともコンタクトしますよ。でも、私たちがそうした、いわゆるエリートと呼ばれる人たちとばかり親しくなることは、エリートではない人たちに不信を抱《いだ》かせます。私たちがエリートと密約を交わしてるんじゃないかと疑う人もいます」

「でしょうね」

米政府が宇宙人と密約を交わしていると主張する本も、僕の本棚に何冊もある。

「そうでないことを証明するために、一般市民の方とも親しくなる必要があるんです。無論、すべての人と親しくなることはできません。そこで私たちは、全世界で約一二〇万人の人間を選出し、個人的におつき合いをさせていただくことにしています。それがAQです。一二〇万人のAQが、自分の出会ったガーディアンについて他の人たちに話せば、真実は広まり、人々の偏見は薄れてゆきます。これは私たちがもう一九五回も続けてきた方法で、有効性については証明済みです」

「その一二〇万人の一人に僕が選ばれた？」

「はい」

何だかうさん臭い。「あなたにハワイ旅行が当たりました」みたいな話だ。

「無論、強要はしません。友情や信頼は強要によって生まれるものではありませんから。私たちと関わりたくないと言われるのであれば、すぐに退去し、二度と訪問しません――もっとも、どの時代のあなたも、私のAQになることを了承してくださいましたが」

「ということは、今も僕と同じように、日本中でコンタクトを受けている人が大勢いるわけですか?」

「全員同時にではありません。担当者が順次、AQ候補者を訪問して回ります。すべての候補者にコンタクトするには一〇日前後かかります。ちなみに日本国内のAQ候補者は、あなたを含めて二万四五〇三人です」

「ちょ、ちょっと待ってください。一〇日で二万四〇〇〇人を回るって……あなたがたはいったい何人来てるんですか?」

「現在、稼動しているガーディアンは、五〇〇万四六八八体です。その八五パーセントが地球上で行動中です」

その数字に、僕は圧倒された。現在の人類のテクノロジーをはるかに上回る五〇〇万体のロボット軍団——そりゃあ、世界が数時間で制圧されるのも無理はない。

「その多くは発展途上国での救済活動や、内戦やテロが起きている国での治安維持活動に従事しています。現在、日本国内で活動しているのは、ガーディアン全体の〇・一五パーセントにすぎない七五三二体。大阪府下で活動しているのは、私を含めて五一二体です」

何が「すぎない」だ。ものすごい大量密入国じゃないか。

「あの菱形の飛行物体に乗ってきたんですか？」

「はい。三〇時間前から、地球上の夜間の地域に、順次、降下しました。ステルス機能は完璧なので、この時代のレーダーに捕捉《ほそく》されることはありません」

「あの飛行物体は何です？　ジェット噴射で飛んでるんじゃなさそうですよね？」

「GTFと呼ばれるマシンです。グツィーノ・スラスト・フライヤーの略です」

「ぐつぃーの？」

「この時代ではまだ発見されていない素粒子《そりゅうし》です。通常の物質と電磁相互作用を起こさないのが大きな特徴で、目には見えません。あらゆる物質を通り抜けますので、噴射口が必要なく、環境にも悪影響を与えません」

「あれに乗って未来から来たんですか？」

「いいえ、GTFに時間跳躍《ちょうやく》能力はありません。母艦は別にあります。お見せしましょう」

　彼女はポケットから白いハンカチのようなものを取り出した。広げて端を持ち、ぴんと張ると、一瞬で硬化して、下敷きのような薄い板になった。手品を見ているようだった。板の表面が暗くなり、映像が現われる。超薄型のディスプレイだったのだ。

映し出されたのは、闇の中に浮かぶ暗い半月形の物体だった。実際には球形で、半面だけに光が当たっているらしい。フラー・ドームのように表面が三角形で区切られていた。宇宙に浮かんでいるようだが、比較する対象がないので、大きさはよく分からない。

「私たちは〈ソムニウム〉と呼んでいます。ベルツーリンドストローム虚数時空跳躍システム、いわゆるタイムマシンです。GTFはここから発進したんです」

「原理は？　ワームホールか何か使ってるんですか？」

「いいえ、この時代ではまだ発見されていない原理です。銀河中心にある巨大ブラックホールを利用しているとだけ言っておきます。詳しい説明は、物理学者でないと理解できないでしょう」

「どれぐらいの大きさなんですか？」

「直径三六六〇メートル、質量は八六〇億トン。二万五〇〇〇機のGTFを搭載《とうさい》しています。七八〇基のモノポリウム・コラプサーを安定して維持するために、どうしてもこれだけのサイズが必要なんです。建造には二五年を要しました」

僕は驚くのをやめた。いちいち驚いていたらきりがない。

「デス・スターみたいですね」

「ええ。不吉な印象を与えてしまうのはしかたありません。でも、こういう形状でなくてはならないんです」

「人間は乗ってるんですか？」

「いいえ。私たちロボットだけです。タイムトラベルは生身の人間には耐えられません。一回タイムトラベルするたびに、マシン内では主観時間で五万二七五一年が過ぎてしまうのです」

「五万……？」

「超光速で銀河中心と太陽系の間を往復する際、時間軸と空間軸が入れ替わるのです。時間的には一一年の移動が空間的な一一光年の移動になり、空間的な五万二七五一光年の移動が五万二七五一年の時間経過となります」

　なるほど、何万年かかろうとも、ロボットなら到着するまでスイッチを切っていればいいが、人間はそうはいかないわけか。

「しかし、三六〇〇メートルとか言いましたっけ？　よく探知されませんでしたね」

「地球からは見えない月の裏側に実体化しました。それに表面の色を暗くし、各所にライトを点《とも》すことで、星空に偽装することもできます。さすがに天文学者を欺《あざむ》くことはできません。大型望遠鏡を向けられるか、レーダーの電波を浴びせられれば露見《ろけん》します。でも、夜空に浮かんでいても、肉眼では見破れません。

現在、月の裏側から移動してきて、地球の上空、高度四〇〇キロを周回していきます。先ほど偽装を解きましたから、肉眼で確認できますよ。今日の午後五時三五分には、日本の上空を通過します」

画面には日本地図と、それに重なって〈ソムニウム〉とやらの軌道《きどう》が表示された。日本海から南下してきて、兵庫県上空を通過、大阪湾を経て紀伊半島に抜けるコースを通過するようだ。高度四〇〇キロなら、確かに吹田《すいた》からでも肉眼で見えるだろう。五時三五分か。覚えておこう。

SF作家としては、未来のテクノロジーについてもっと詳しく知りたい心理もあった。しかし、それよりも先に訊《たず》ねるべきことがたくさんある。

「ニュースで見ました。世界各地で火事や事故を阻止されてるようですね」

「ええ。この日本だけでも、昨晩の一〇時から今朝八時にかけて、火災が三八件、交通事故が二〇件、殺人が一件、強姦《ごうかん》が四件、暴行および傷害が二五件、自殺が三〇件……」

「自殺ってそんなに多いんですか？」

「本来の歴史では、この年には日本全国で三万一〇四二人が自殺しています」

「えっ⁉」

一瞬、何か大変なことでも起きたのかと、僕は錯覚《さっかく》してしまった。

「特にこの年が多かったわけではありません。日本人の自殺者は、一九九八年には、前年の二万四三九一人から大幅に増えて三万二八六三人になり、以後、二〇一〇年代まで、三万人から三万五〇〇〇人の間で推移しています」

「ああ……」

そんなに自殺者が多いなんて、ぜんぜん知らなかった。やはり不景気のせいなのか。

「私も昨夜、寝屋川《ねやがわ》市で、浴室で手首を切ろうとしていた若い女性を思いとどまらせました。鬱病《うつびょう》の気《け》もあったのですが、直接の原因は恋人にふられたことです。朝まで話を聞いてあげました」

「そうやって自殺をすべて阻止してるんですか？」

「最初の一週間だけです。私たちが自殺を阻止しているというニュースが広まると、自殺志願者の多くは、阻止されるのを警戒して一時的に思いとどまりますから」

「でも、いったんは思いとどまっても、また自殺を試みる人もいるんじゃ？」

「もちろんいますよ。理想を言えば、ずっと付き添って心のケアをしてあげればいいんですが、それは私たちにとって負担が大きくなりすぎます。日本だけでも毎年三万人もの人間をケアしなくてはならなくなりますから」

「まあ、そうでしょうね……」

「ですから、それ以降は、ご家族や親戚や友人、アパートやマンションの管理人の方などに警告します。『誰それさんはまもなく自殺する可能性がありますから、動向に注意していてください』と。

　自殺だけではありません。これまでの統計では、私たちが到来したというニュースが広まると、全世界であらゆる犯罪の発生率が一時的に六〇パーセント低下します。自分の行動が正確に予測されているかもしれないと考えたら、少しでも理性のある者なら犯行を思いとどまりますから」

「でも、それはいつまでも続かないいんじゃないですか？」

　ガーディアンの干渉《かんしょう》で、歴史が違う方向に流れだしたのなら、犯罪が発生する時刻や場所も、本来の歴史と違ってくる。つまりガーディアンにも予測不可能になる。犯罪者たちがそれに気づいたら……。

「そうです。半年ほどするとまた犯罪は増えはじめます」

「そういう場合はどうするんですか？　犯人が同じ日に犯罪を決行するとは限らないんだから、阻止できないでしょ？」

そいつが人を殺すかもしれないと分かっていても、まだ実行していないのでは、警察だって逮捕《たいほ》できない。かといって、そいつの一挙手一投足《いっきょしゅいっとうそく》をずっと監視するというのも、労力から考えると困難だろう。

「本来起きるはずだった事件のデータを警察に提出しています。もし不幸にも同じ人が殺されてしまっても、データを元にして、容易に容疑者の目星がつけられます。この事実が知れ渡るだけでも、犯罪の抑止力《よくしりょく》としては有効です。現在すでに誰かに対して殺意を抱いている人物は、自分が容疑者のリストに載っていると気づくでしょうから」

「でも、完全な抑止にはならないでしょう？　衝動的な殺人もあるし……あと、事件が起きるのがまだ何年も先で、犯人がまだ殺意を抱いていない場合だってあるだろうし」

「もちろんです。ですから、本来の歴史で被害者となるはずの人物にも必ず警告します。たとえば、本来の歴史で夫に殺された女性に対して、『あなたは二〇〇三年五月七日にご主人に殺されています』というように伝えます。その情報をどう活用するかは、その人の自由です。ご主人と別れようとするか、あるいは殺されないように努力しようとするか」

その主婦の立場になってみたら、さぞかし恐怖と苦悩に満ちた決断に違いない。

「じゃあ、今後、犯罪や事故の阻止は人間にまかせるわけですか?」

「ええ。それが私たちの基本方針です。警告を発し、人間に可能なことは人間にやってもらう。私たちはあなたがたの手助けをするだけです。どうしても人間にはできないことだけを、私たちがやるんです。

日本に潜入している七五三二体のガーディアンの主要な任務がそれなんです。これから犯罪や事故に遭遇《そうぐう》する人、重い病気に罹《かか》る人などに、事前に警告して回る活動です。こればかりはテレビで放送するわけにはいきません。当事者に直接会って、話をしないことには」

「電話や手紙じゃだめなんですか?」

「直接会わないと信じてもらえません。これまでのどの時代でも、私たちの名を騙《かた》って、いたずら電話をかける人間が大勢いました。詐欺《さぎ》事件もよく起きています。

『あなたはもうじきある人物に殺される。詳しい情報が欲しかったら金を振りこみなさい』などと言って、お金を騙《だま》し取るんです」

やれやれ。人間ってのは、まったくしょうのない生き物だ。

「さっきお見せしたような――」と言って、腕時計を指差す。「――開閉機構も、そのためにあります。ガーディアンであることを証明するには、身体《からだ》の中を見せるのが手っ取り早いですから」

「テレビで、おなかを見せている人がいましたけど……」

僕はカイラの腹のあたりを見つめた。さっきからそれが気になっていた。彼女のブラウスの下も、あんな風にメカが露出してるんだろうか……？

「あれはデモンストレーション用の特殊なモデルです。私のようなコンタクト用機種の場合、腕時計の部分以外、表面はすべて人工皮膚で覆われています。お見せしましょうか？」

そう言って、ブラウスのボタンに手をかけた。僕は慌てて「いいです！　いいです！　見せなくていいです！」と止めた。いくらロボットでも、若い女性の裸を間近で見るのはまずかろう。まして、この場面はビデオに記録されているんだし。

「ごめんなさい。ただの冗談です」

そう言って彼女は微笑み、ブラウスのボタンから手を離した。冗談？　ロボットにそんな感情があるのか？

「裸になること自体に抵抗はありません。私たちには羞恥心《しゅうちしん》というものはありませんから。でも、むやみに裸になったりはしません。人間社会のモラルに反しますから。でも、細部まで人間そっくりに作られているというのは本当ですよ」

「……いろんな機種があるんですね」

僕は気を取り直して言った。

「ええ。見かけはどれも人間型をしていますが、用途によって構造や性能は異なります。紛争地域での鎮圧《ちんあつ》任務などに従事するアクション用機種の場合、耐弾性や運動性が優《すぐ》れていますが、皮膚の質感は不自然で、内部機構の一部も省略されています」

アクション用機種――要するに「戦闘用アンドロイド」ということだろう。全世界の軍隊やゲリラやテロリストを鎮圧するのだから、きっと一〇〇万体やそこらは必要なはずだ。

「あなたには戦闘能力は……？」

「人間よりはかなりタフですね。銃弾で貫かれても、機能の一部が麻痺《まひ》するだけで、簡単に壊れたりはしません。力もけっこう強いですよ。その気になれば、この場であなたの首をひっこ抜くこともできます」また、意味ありげに笑う。「でも、アクション用機種に比べたら、戦闘は苦手ですね」

「つまり、人間との交渉用の任務に特化してる？」

「ええ。対有機生命体コンタクト用ヒューマノイドインターフェース。それが私……」

彼女はなぜか平板な口調でそう言うと、ちょっと言葉を切って、僕の反応をうかがった。

「二〇〇七年や二〇〇六年のあなたは、このギャグで大笑いされたのですが」

「え？　それはギャグなんですか？」

「一種のパロディですね」

「アニメかマンガの？　つまり、二〇〇六年頃には、そういう台詞《せりふ》の出てくる作品がヒットしているということですか？」

「禁則事項です」

「はあ……」

僕はますます分からなくなった。何で現代の僕に理解できないようなギャグを言うんだ？　やっぱりからかわれてるんだろうか。

「あなたがたも笑いというものが理解できるんですか?」

「ええ。ただ、人間とは笑うポイントが少しずれていますけど」

「あなたがたにとっての笑いって、何なんですか?」

「内容豊かな冗長性ですね」

「冗長性?」

「多くの情報を含んでいるけれども実用性のない行為、とでも定義すればいいんでしょうか。さっきの例で言えば、意味のあるメッセージであるにもかかわらず、あなたには理解できないフレーズを、私は故意に口にしました。まったく意味のない行為です。これは私にとって、とても楽しいことなんです」

「意味のないことが?」

「私たちは人間に奉仕するために創られました。しかし、その目的のためだけに活動しているわけではありません。有益で意味のある行動ばかりをしていると、人間的な表現で言うなら『息が詰まる』んです。無意味な行為、無駄な行為は、それが複雑であるほど、心を豊かにしてくれます——あなただってそうでしょう?」彼女は造りかけのチャイカを指差した。「人形を造るのは、お仕事に関係のない無駄な行為——でも、楽しいんでしょう?」

「まあ……」

　僕は返答に詰まった。見透《みす》かされている。考えてみれば、こいつは未来の八人の僕と、それぞれ何年もつき合ってきたんじゃないか。僕のことを知り尽くしていて当然だ。

　僕は話題を変えることにした。

「僕が選出された基準は何ですか？」

「ＡＱ候補者の大半は、前回も選出された人物です。あなたの場合、さっきも言いましたように、二〇〇九年から毎年、こんな風に訪問させていただいています。もちろん、時代を遡《さかのぼ》るにつれ、私たちから見ればその人は子供に戻ってゆくわけですから、いずれはＡＱとして不適格となります。そうなると、新しい適格者を探さなくてはなりません」

「僕の場合、何で選ばれたんですか？　二〇〇九年で」

「あなたの本がベストセラーになったので、私たちの興味を惹《ひ》いたのです」

「ベストセラーに？」

「はい。『アイの物語』という小説です」

「へ？　『愛の物語』⁉」

僕はすっとんきょうな声を上げた。笑いそうになった。さすがに信じられない。僕がそんなダサいタイトルの、いかにも臭そうな本を書くなんて、ありそうにない。

「『アイ』はカタカナです。人工知能を意味する『AI』や、英語で『私』を意味する『I』や、虚数の『i』など、何重ものミーニングになっています」

「ああ、なるほど……」

「AIと人間の未来を描いた小説です。単行本の発売は二〇〇六年です。二〇〇九年はちょうど文庫版が出た直後でした。本来の歴史ではあまり売れなかったのですが、私たちの到来に関連して注目を集めました。特に二〇〇九年の分岐では、『ガーディアンの到来を予期した小説』としてテレビで取り上げられたことがきっかけで、一〇〇万部を超えるベストセラーになったんです。それを読んだ私たちは、あなたなら良き理解者になっていただけると考えました」

僕の心境は複雑だった。まだ書いてもいない小説、それどころか構想すらない小説がベストセラーになったと聞かされたって、嬉《うれ》しくなんかない。それどころか、本来の歴史ではあまり売れなかったというんだから、しょせん凡作ってことじゃないのか。売れたのはガーディアン・ブームのおかげだろう。

「つまり、そのＳＦの設定が、あなたがたに似てた……？」

「まったく同じではありません。私たちの目から見れば、作中に登場するＡＩの考え方は、ずいぶん現実の私たちとは異なっています。しかし、似ている点もいくつかあります」

「というと？」

「ＡＩというものを、人間とはまったく異質な知性と感情を持つ存在として描いていることです。人間にはＡＩの考えが理解できず、ＡＩにも人間の考えが理解できないと設定されています。これは私たちにも共感できることです。実際、私はこうして人間と同じように振る舞い、あなたと喋っていても、人間の有する感情の多くを理解できません」

「どういう感情が？」

「蔑《さげす》み、憎しみ、嫉妬《しっと》、虚栄心、権力欲、サディズム、殺意、絶望、自暴自棄《じぼうじき》……それらは有害であるとして、私たちには最初から備わっていません。ですから、そうした心理について辞書の定義では知っていても、実感することはできません。

　その一方、私たちには人間にはない感情があります。中でも特に強いのが、『人間を傷つけてはいけない。また、危険を看過《かんか》することによって人間を傷つけてはいけない』という感情です。私たちはその目的のために創られたのです」

「何だかアシモフの〈ロボット工学三原則〉みたいですね」

「あれがヒントになっています。ロボットが人間を傷つけないために、必ず基本OSに組みこまれています。ただし絶対服従すべき命令ではなく、根源的欲求として機能します。それが私たちの主要な行動原理です。人間を傷つけたくないというのが。私たちが戦争やテロを阻止し、飢餓や天災や事故や犯罪から人間を守るのも、その欲求に従った行動です」

カイラの笑顔は、あくまで善意に満ちているように見えた。実際、彼らは善意から行動しているのだと思う。しかし、僕は何となく不吉なものを覚えた。善意に根差した行動が、常に好ましい結果を生むとは限らない……。

その時、電話がかかってきた。「失礼」と言って受話器を取る。

「はい、山本です」

「私やけど」真奈美《まなみ》の声だった。「なあ、缶詰とか買いに行った方がええと思う？」

「何やそれ？」

「今、テレビでやってるねん」真奈美は不安そうだった。「日本中のスーパーで、お客さんが殺到してるんやて。保存食とかミネラルウォーターとか防災用品とか、売れてるらしいで。あと、トイレットペーパー」

一九七三年のオイルショックの時に、「トイレットペーパーがなくなる」というデマが流れて、主婦がスーパーに殺到したのを、僕は思い出した。群衆の心理は二八年ぐらいじゃ進歩しないものらしい。

「ちょっと待って」

僕は送話口を押さえ、カイラに訊《たず》ねた。

「街で保存食なんかの買い占めが起きてるらしいんですけど、買っといた方がいいんですかね？」

「混乱は数日で収まります」カイラはきっぱりと言った。「市民の買い占めによって、一部の商品が一時的に品薄になりますが、生産や供給自体は正常に続きます。これまではずっとそうでした」

「もしもし」僕は受話器の向こうの真奈美に呼びかけた。

「どうしたん？　誰かいはるの？」

「うん、ちょっと来客があって……それより、トイレットペーパーはあとどんだけあんの？」

「六個ぐらいかな」

「六個？　だったら買いに行くことはない。そんな騒ぎ、すぐ収まるから」

「ほんまに？　ほんまに収まるの？」

「ほんまやって。下手《へた》に混雑してるとこに出かけてって、怪我《けが》でもしたらしょーもないやろ。家でじっとしとり」

なおも不安がる真奈美を説き伏せ、僕は電話を切った。

「あなたがたのおかげで、ずいぶん世間は混乱してますよ」

皮肉のつもりで言ったのだが、カイラは「本来の歴史で起きた戦争や飢餓に比べれば、この程度の混乱はたいしたことではありません」と平然としている。

「それにしたって、軍隊をすべて制圧するっていうのはやりすぎじゃないですか？　みんなが不安になるのは当たり前でしょ？」

「私たちが何の思慮もなしに行動しているとお思いですか？　違いますよ。私たちはもう何百回もこうした経験を重ねてきたんです。今ではこの方法が最良であることが分かっているんです。

最初――つまり二三三〇年から二三二九年へのタイムトラベルについては、何のトラブルもありませんでした。当時は私たちのようなアンドロイドが全世界に普及していましたし、〈ソムニウム〉の建造が進んでいることはみんな知っていましたから、未来から私たちが到着しても、みんな驚きもせずに受け入れてくれました」

やっぱり未来のことを過去形で聞くのは変な気分だ。

「当時の私たちはまだ二五〇〇体しかいませんでした。地球の人口が今より減少していたこともありますが、戦争やテロといったものが根絶されていたので、犯罪や事故を阻止するのに専念するだけでよかったんです。当時の人たちはみんな、私たちのメッセージを素直に受け入れてくれました。最初の一世紀半ほど、私たちのミッションはとても楽なものでした。

しかし、時代を遡るにつれ、抵抗が強くなってきました。二二世紀――戦争やテロがまだ根強く残っていた時代に突入したからです。私たちがいくら警告を発しても、人間たちは争いをやめませんでした。史実通りに人が殺されてゆくのを、私たちは黙って見ているしかありませんでした。

私たちは決断しました。人を守るのが私たちの使命であり、基本的な行動原理です。人が死んでゆくのを看過することはできません。言葉による説得ではどうにもならないのなら、強硬《きょうこう》な手段を取るしかないという結論に達したのです。

幸い、〈ソムニウム〉のサイズには十分すぎるほどの余裕があり、生産能力もありました。私たちを送り出した二三三〇年の人々は、私たちが過去で抵抗に出くわすことを予期していたからです。私たちは各時代の人間の理解者の協力を得て、資材を調達し、仲間の数を増やしていきました。〈ソムニウム〉を改造し、GTFも量産しました。戦争をやめない人間たちから、強制的に武器を取り上げました。これによって犠牲者は激減しました。

二一世紀に入り、アンドロイドがまだ少なかった時代になると、私たちへの偏見が強まり、抵抗は激しさを増しました。それに対抗するために、私たちはさらに数を増やしたのです。二〇七〇年に五〇〇〇万体を突破。それ以来毎年、損耗《そんもう》するわずかな数を補っているだけで、五〇〇〇万体前後で安定しています」

「ええと、それは何と言うか……」

「血を吐きながら続ける悲しいマラソン？」

「ええ」

僕は内心、あきれていた。いったい未来の僕は、こいつにどれほどのオタク知識を吹きこんだんだ？

「違いますよ。これがマラソンなら、私たちはもうとっくにゴールしています。地球上のすべての軍事力を数時間で制圧できたのが、その証拠です。私たちはもうこれ以上、大きな力を持つ必要などないんです」

カイラの口調は気のせいか、少し誇らしげだった。

ようやく、このシチュエーションに似たSF小説を思い出した。ジャック・ウィリアムスンが一九四八年に書いた『ヒューマノイド』だ。人間に奉仕するために創られた人間そっくりのロボットが、宇宙から大挙してやって来るという話だ。彼らは戦争を根絶し、人類を保護するという名目で、人々の自由を束縛《そくばく》し、抵抗する者を洗脳してゆく……。

「でも、何も自衛隊まで行動不能にすることはないでしょう？　日本は戦争なんかしないんだから」

「本当にそう思います？　日本は戦争をしないと？」

「ええ」

「二〇二六年、日本と中国が戦争になって、日本が負けた……と言ってもですか？」

僕は詰まった。

「……それは、史実ですか？」

「ええ」

僕はとっさに頭の中で計算していた。二〇二六年ということは二五年後。美月《みづき》は三〇歳……。

「戦争に負けて、どうなるんですか？」

「戦争自体は四〇日で終わりました。昔の戦争のように市街地への無差別爆撃はありませんでしたから、一般市民の死傷者は最小限でした。問題はむしろ戦後の混乱です。それまで続いていたインフレが一気に加速し、日本円の価値は下落、庶民の蓄えていたお金は紙屑《かみくず》同然になったんです。一ドルが一二〇〇円にもなったため、輸入がほとんどストップしました。食糧の多くを輸入に頼っていた日本は、たちまち食糧不足に陥《おちい》りました。食糧価格が高騰《こうとう》し、全国で貧困による餓死者や自殺者が三〇〇万人に達しました」

彼女は少し言葉を切ってから、付け加えた。

「記録によれば、あなたの奥様は戦争の翌年、二〇二七年に、六一歳で亡くなられています」

「真奈美が……」

「戦後の混乱期で、十分な医療を受けられなかったのが原因です」

「僕は……？」

「あなたは戦争の前、二〇二一年に六五歳で自殺されています」

「自殺！　何で⁉」

「六一歳で統合失調症を発症し、小説が書けなくなったことで苦悩されていたようです」

「統合失調症？」

「この時代では『精神分裂病』と呼ばれています」

「！」

「といっても、あなたの場合、幻覚や幻聴《げんちょう》などは伴っていません。妄想《もうそう》、感情障害、自発性の低下、認知機能障害が主な症状です。当初は若年性《じゃくねんせい》アルツハイマー症と誤診《ごしん》されていました。あなたのように歳をとってから発症するケースは珍しいのですが、ないわけではありません。もしかしたら、これまで症状が表面に出なかっただけかもしれませんが」

　衝撃を受けなかったと言えば嘘になる。反面、「当然」という感覚もあった。僕は子供の頃から、自分の精神状態が他の子供と違うと感じていた。

　あれは小学校五年の時だったか。同じクラスの大町という奴と、教室で喧嘩をしたことがある。殴り合っている僕たちを、クラスメートたちが羽交《はが》い絞めにして止めた。「何が原因なんや？」と誰かが言ったので、僕は「こいつが悪いんや！」と言った。すると大町は「何言うてんねん！　お前が先に殴ってきたんやないんか！」と言い返した。

その瞬間、僕はぞっとなった。何がきっかけで喧嘩がはじまったのか、どうしても思い出せないのだ。喧嘩をする理由なんかない。なのに、気がついたら殴り合っていた。大町が言うように、僕がいきなり彼に殴りかかったとしか思えない。しかし、僕には喧嘩の途中からの記憶しかない……。

その数十秒間、僕には本来の自分以外の意思が憑依《ひょうい》していて、大町に理由もなく暴行を働いたとしか思えなかった。

それは恐ろしい体験だった。また同じことが起きるのではないかと、びくびくする日が続いた。幸いにも、そんな異常な体験は一度きりで、もう三〇年以上も何も起きていない。しかし、普通に日常を送りながらも、ふと心が乱れることはある。自分が正常であるという自覚を持てず、いつか何かの拍子《ひょうし》に精神が壊れるのではないかという漠然《ばくぜん》とした不安を、いつも抱き続けている。

自分が正気だと確信している人は幸せだ。僕は自分の正気に自信が持てない。今でも、ホームで電車を待っている時など、「急に頭が変になって、衝動的に線路に飛びこんでしまうのではないか」と、ふと妄想してしまうことがよくある。真夜中にトイレに行く時には、「幽霊の幻覚を見るのではないか」と思うことがある。自殺が怖いのではなく、自殺したくなることが怖いのだ。幽霊が怖いのではなく、幻覚を見ることが怖いのだ。

　それは杞憂《きゆう》ではなかったらしい。

　むしろショックなのは、僕が自殺したということだ。いくら病気で苦しんでいたからといって、妻や娘を見捨てるようなことを、僕がするというのか。

「娘は……美月は？」

「記録では七八歳まで生きられています。ただ、恵まれた人生とは言えなかったようですね。苦しい時代が続きますし、あなたが執筆活動で蓄えた財産は、闘病生活とインフレでほとんど消えてしまっていましたから」

　僕は息が苦しくなった。泣きたくなった。そんな不条理なことがあるのか。僕は妻や娘のためにがんばっているつもりだった。娘には僕が死んだ後も、ずっと幸せな人生を歩ませてやりたかった。その願いが踏みにじられるなんて……。

「ご安心ください。それは本来の歴史での出来事です。この改変された歴史ではそうなりません。私たちの警告に従って人間が努力すれば、戦争は避けられます。統合失調症にしても、私たちが医療関係者に有効な予防法や治療法をお教えします。今から新薬の開発を進めれば、あなたも発症を防ぐことができるはずです」

安心しろ？　安心なんかできるものか。たとえパラレルワールドの歴史だろうと、自分や家族の身に悲劇が降りかかると知らされて、平然としていられるわけがない。

「それよりも、あなたに警告すべきことは別にあります」

「……何ですか？」

僕はあふれかけていた涙を拭《ぬぐ》った。

「今後、数年間に、あなたの周囲で起きることです。それは私たちではどうにもならないことなので、あなた自身に対処していただくしかありません」

「事故とか病気とかですか？」

「ええ。まず、あなたのお母様は三年後、二〇〇四年の八月に亡くなられます」

「…………」

「老衰です。残念ながら、今からの延命は困難でしょう。覚悟はしておいてください」

僕はその宣告を、はるか遠くから響いてくる声のように聞いていた。さっきの話のショックが大きすぎた反動で、母の死を予言されても衝撃は少なかった。母は少し前から京都の病院に入院している。老齢のために体力が衰え、手足もすっかり細くなり、見舞いに行ってもベッドに寝ていることが多い。もうあまり先は長くないだろうという予感はしていた。だから「三年後」と言われても、「やはり」という感覚で受け止めた。

「それから、あなたの奥様のお父様は、二〇〇五年の一一月に亡くなられます」

「ええっ⁉」

さすがにこれには驚いた。妻の父は高齢とはいえ、まだ元気だ。たった四年後に死ぬなんて信じられない。

「癌《がん》です。これは早期に発見して治療を受ければ治る可能性があるので、早めに病院に行かれることをおすすめします」

「……そうします」

「そうそう、それと――」カイラは紙袋をごそごそと探った。「これをお渡ししておきます」

彼女が床に並べたのは、十数枚のCD－ROMだった。

「これって……？」

「文書ファイルです。あなたのお持ちのパソコンで読みこめるはずです」

僕は息を呑《の》んだ。一枚のCDのラベルに、小さな文字で〈水色の髪のチャイカ〉

〈茜色《あかねいろ》の空の記憶〉などと印刷してあったからだ。他のCDにもみんな、小説のタイトルらしいものがびっしり書かれている。〈神は沈黙せず〉〈闇が落ちる前に、もう一度〉〈アイの物語〉〈シュレディンガーのチョコパフェ〉〈MM9〉〈幸せをつかみたい！〉〈やっぱりヒーローになりたい！〉〈死者の村の少女〉〈宇宙の中心のウエンズデイ〉〈第三帝国の残光〉〈地球移動作戦〉〈あの夏のUFO〉〈プロジェクトぴあの〉〈MADなボクたち〉〈アリスへの決別〉〈脳内ガールズ〉……。

一部を除いて、見覚えのないタイトルばかりだった。

「あなたが書かれた本です。二〇〇一年一〇月から二〇一六年一月までの間に」

カイラはトンデモないことをさらりと言った。

未来からの贈り物

僕は十数枚のCDを前にして硬直していた。今朝からずっと衝撃的なことばかりだったが、その中でもこれは別格だ。しびれるような感覚が頭の中に広がり、数秒間、思考がほとんど停止していた。

床にずらりと並べられたそれは、透明なケースに入った、ただのプラスチックの円盤にすぎない。特に変わった形も、不気味な色もしていない。しかし、猛毒を持つ蜘蛛《くも》か何かのように、手を触れるのがためらわれた。ちくしょう、これは悪質な冗談か。それとも悪魔の罠《わな》か……？

作家の中には文章を書くのが好きで好きでたまらないとか、一日に一〇〇枚ぐらい平気で書くという人もいる。半村良氏は月に一二〇〇枚書いたことがあるというし、小松左京氏はあの力作長編『果しなき流れの果に』の怒濤《どとう》の最終章をひと晩で書き上げたという伝説がある。あいにく、僕はそんなタイプじゃない。一日に一〇枚前後、多くても二〇枚ぐらいが限度だ。長編一本書くのに最低でも二か月はかかる。一度、締め切りに追われて、ひと晩で四〇枚書いたことがあるが、さすがに文章が荒れ、こんな速度では二度と書くまいと誓ったものだ。

なぜ速く書けないのかというと、考えることが多すぎるからだ。難解な文章や高尚《こうしょう》ぶった小説というやつが僕は大嫌いで、どんなに重いテーマであろうと、読みやすい文章、面白いストーリー、読者に理解できる内容を心がけている。登場人物の心理や、舞台となる場所の構造、アクションの流れなどを、どのように描写すれば読者に明快に伝わるか、いつも悩む。長い会話のシーンでは、台詞《せりふ》の順序はこれでいいかと、何度も並べ替えてみたりする。そういった基本的なことに加え、小説の内容によっては、科学的なデータや歴史上の事件について調べなくてはならないことがよくあり、それに労力を割《さ》かれる。

どんなタイプの小説でもそうだが、作家にとって面白いのは、構想を練っている間と、ようやく本になったものを読み返す時だ。執筆中はひどく苦しい。いい文章が思い浮かばないことや、展開に詰まってしまって七転八倒《しちてんばっとう》することもよくある。

もっと楽に書ければいいのにと思うこともしょっちゅうだ。

そのいちばん苦しい部分をすっ飛ばした完成品が、目の前にある。

恐ろしい。

この恐ろしさは作家でなくては理解できないのではなかろうか。作家でない人なら、「何も苦労してないのに小説が完成してるなんてラッキーじゃん」と思うんじゃないだろうか。それは違う。作家にとっての作品への思い入れとは、執筆に要した長く苦しい期間も含めてのものなのだ。いきなり完成品を提示されたって、手放しで喜べるわけがない。

「こんな……」僕はようやく声を出せた。「なぜ、こんなものを？　僕は……」

「こんなもの望んでいない？　でも、それを二〇〇一年のあなたに送るよう望んだのは、未来のあなたたちなんですよ、山本さん」

一瞬、「あなたたち」というのが僕と他の誰を指すのかと考えてしまった。そうではない。この場合は「山本弘」の複数形なのだ。

「分かりやすくご説明しましょう」

カイラは例の超薄型ディスプレイを掲げた。画面の中では、白い空間の中央に、CGで作られた青い半透明の柱が立っている。その中を、燐光《りんこう》を放つゼリーのようなものが下から上へと流れていた。流れに沿って、赤く光る点が泡のように上昇してくる。

「これを過去から未来へと進む時間の流れだと考えてください。この赤い点があなたです。さっきも少し説明しましたが、本来の歴史では、あなたは二〇二一年の二月に自殺されました」

上昇してきた赤い点は、柱の中央あたりで停止し、暗い色に変わった。その横に〈2021〉という数字が表示される。

「過去へと遡《さかのぼ》り続けてきた私たちが、二〇二〇年に到着したことにより、本来の時間の流れから枝分かれした、新たな時間の流れが生まれました。いわゆるパラレルワールドです」

暗赤色の光点の少し下に〈2020〉という数字が現われた。そこから時間流が分岐し、右上に向かって伸びてゆく。全体として、カタカナの「ト」を上下ひっくり返したような形になった。

「この歴史も、本来の歴史と同様、はるか未来にまで伸びています」

最初の光点が消え、もうひとつの赤い光点が柱の下の方から上昇してきた。今度は分岐点のところで二個に分裂する。一方はさっきと同じく、本流の方の〈202

1〉で停止する。もう一方は分岐に入り、〈2021〉を超えて上昇してゆく。

「この歴史では、あなたは自殺を断念し、本来の歴史より長く生きられました。何歳まで生きられたかは分かりません。私たちは二〇三〇年には再び過去へと跳躍《ちょうやく》し、二〇一九年に向かいましたので。ただ、二〇三〇年にはまだ生きておられたことは、記録によって確認しています」

分岐した時間流の上の方に〈2030〉という数字が現われ、赤い点はそこで停止した。

「分かりやすいように、あなたが存在しない世界、またはあなたの存在が確認されていない世界を薄くします」

カイラの言葉とともに、中央の黒い柱の〈2021〉より上、および分岐した時間流の〈2030〉より先が、青から水色に変化した（次ページ【図1】）。

「この青い部分が、あなたが生きていることが確認されている部分ということになります。二〇一九年に私たちが到着したことにより、さらに新たな歴史が分岐しました。当然、この歴史にもあなたがいました」

先の〈2020〉のすぐ下に、〈2019〉という数字が現われ、そこから別の分岐が出現した。最初の分岐に平行に、右上へと伸びてゆく。下の方から新たな赤い点が上昇してくる。点は〈2019〉と〈2020〉のところでそれぞれ分裂し、三つのコースに分かれてゆく。

「同じことが繰り返されてきました」

そこから先、画面は早送りになった。二〇一八年、二〇一七年、二〇一六年……どの年からも時間流が分岐し、右上に伸びてゆく。今や青い柱はさかさまの「ト」ではなく、斜めにたくさんの分岐が生じ、矢羽を半分にしたような形になっていた。

〈2001〉から分岐が伸びたところで、また赤い点が上昇してきた。垂直に上昇

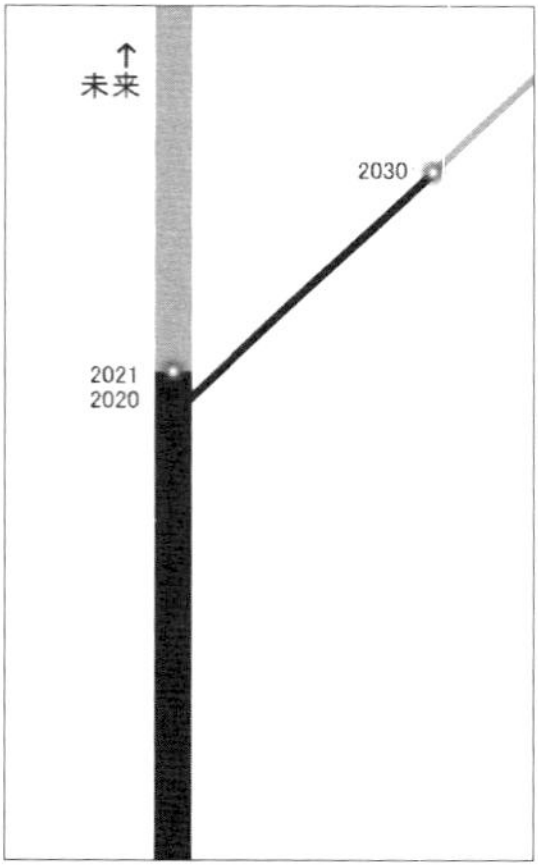

【図1】

しながら、〈２００１〉から〈２０２０〉まで、分岐点を通過するごとに分裂し、最後には二一個の点になった（【図２】）。

「あなたが今おられるのはここです」

カイラは〈２００１〉から伸びた分岐の根元のあたりを指差した。赤い点は時間の本流から少し進んだところで停止している。

「見ての通り、あなたには二〇人の分身がいて、それぞれの人生を歩んでいます。そのうちの一人は、未来からの干渉を受けていない本来のあなた、二〇二一年に自殺したあなたです。他の一九人は、私たちによって改変された歴史上のあなたで

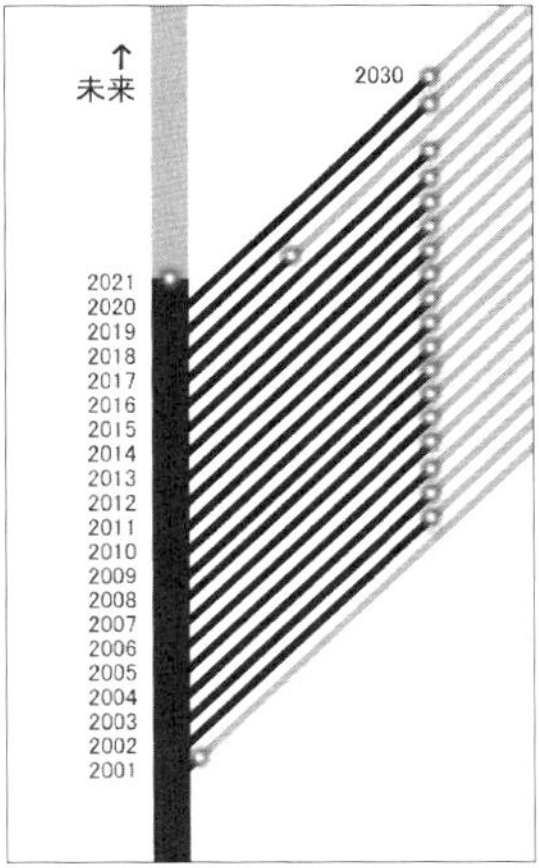

【図2】

す。もちろん、これからさらに私たちが過去に遡《さかのぼ》り、新たな歴史を創るにつれ、あなたの分身は増えてゆくことになります。

注意していただきたいのは、『未来のあなたたち』といっても、これらの分身たちは、今のあなたの未来には位置しないということです。今のあなたにとっての未来はこっちです」

カイラは〈2001〉からの分岐を指差し、赤い点が光っている場所から、ずっと右上へと、水色の線をたどってみせた。

「この先、あなたがこの時間の流れの中で生き続けても、いつか他の二〇人のあなたと重なるわけではありません。二一人のあなたたちは、それぞれ別の人生を歩むのです」

「あの……他にも死んでる僕がいるみたいですけど？」

それがさっきから気になっていた。自殺したオリジナルの僕以外の赤い点は、どれも分岐点から一〇年後まで進み、輝き続けているのに、二〇一八年の分岐点から分かれた赤い点だけは、二〇二二年あたりで停止し、暗い色に変わっている。

「ええ。その分岐では、あなたは未来から警告を受けていたにもかかわらず、やはり自殺されました。本来の歴史より一年半ほど後ですが。統合失調症の治療法が普及するのが間に合わなかったのと、ご家族が自殺の阻止に失敗したためです。このように、未来で起きることが分かっていても、不幸な偶然が重なると、悲劇が防げない場合もあるのです」

カイラはあらためて僕を見つめた。

「ここまではご理解いただけましたか？」

もちろん理解できる。簡単なことだ。タイムトラベルによる過去への干渉、それによる時間流の分岐なんて、一九三〇年代のＳＦですでに描かれている。一般人はどうだか知らないが、ＳＦマニアなら常識とも言うべき概念だ。

理解できないのが、なぜ未来の僕がメッセージを送ってきたのかということだ。

「それで……小説を送るように頼んだのは、どの僕なんですか？」

「六人おられます。二〇一九年から分岐した二〇二九年のあなた。二〇一七年から分岐した二〇二七年のあなた。二〇一一年から分岐した二〇二一年のあなた。二〇〇九年から分岐した二〇一九年のあなた。二〇〇六年から分岐した二〇一六年のあなた。二〇〇三年から分岐した二〇一三年のあなた……」

ディスプレイの中で、赤い点のうち六つが明滅していた。

「このうち、二〇二九年のあなたは、二〇一六年以前のすべてのあなたに、オリジナルのあなたが書かれた本のうち、その時代のあなたがまだ書かれていないものを送るよう指示されました。二〇二七年のあなた、二〇二一年のあなた、二〇一九年のあなた、二〇一六年のあなた、二〇一三年のあなたは、分岐した時間において自分が書いた本を送るよう希望されました。それらはラベルで色分けしてあります」

よく見ると、CDのラベルにはオレンジと水色の二種類があった。

「オレンジのものは、オリジナルのあなたが書かれた本。水色のものは改変された歴史におけるあなたが書かれた本です。六人のあなたからのメッセージは、各作品に添えられています。他にも、本は送らずにメッセージだけ送ってきたあなたも四人おられます。こちらのCDに、その四人のあなたからのメッセージがまとめて入っています」

カイラは〈メッセージ集〉と書かれたCDをつまみ上げた。

「映像ファイルと文書ファイル、両方入っています。どちらも、今あなたがお持ちのパソコンで再生できるはずです」

さすがに頭の中がこんがらがってきた。

「待ってください。僕と最初に接触したのは二〇〇九年だって言いませんでした?」

「誤解しないでください。あなただけじゃありません。いずれ全世界の人に配る予定なんです。その人自身の未来からのメッセージを」

「全世界の人に⁉」

「はい。その時代を去る時が近づいたら、メッセージを募集します。過去のある年を指定し、その時に自分がどこに住んでいたかを教えていただければ、私たちがそのメッセージをお届けします。メッセージの形式は様々です。ある人にはCD、ある人にはビデオカセット、ある人には紙に手書きされた文章……識字率の低い地域では、私たちが録画したビデオを見せたり、口頭でメッセージを伝えることもあります。

　もちろん、過去にメッセージを送りたくないという人も大勢います。しかし、これまでの統計では、六三パーセントの人間は、何らかのメッセージを過去の自分に送ることを希望されています」

「全人口の六三パーセントって……すごい量だ！」

「ええ。まもなく犯罪や事故に遭うはずの人、重い病気に罹《かか》るはずの人には、優先してお届けします。指定されたすべての人に配り終えるのに、最低でも丸一年はかかります。あなたにはそれをひと足先にお渡しします。ＡＱの特権とでも思ってください」

「なぜこんなことを?」

「広報活動と秩序維持活動の一環です。私たちが未来から来た存在であり、なおかつ友好的であることを証明するには、未来のその人自身からの言葉が最も有効でしょう? それに、過去の自分に対して、その人が体験を元に適切なアドバイスをすれば、さっき言った犯罪や事故の防止にもなりますし」

カイラがCDを届けに来た理由は納得できた。依然として分からないのは、なぜ何人もの僕の分身がそれを望んだかだ。この僕はどうだろう。たとえば一〇年前の自分、まだ結婚していない一九九一年の自分に、『パラケルススの魔剣』や〈ギャラクシー・トリッパー美葉《みは》〉や〈妖魔夜行〉を送ることを望むか? ——いや、望まない。

当然、僕がこんなものを望んでいないことは、未来の僕は知っているはずではないか。いったい何を考えてるんだ、未来の自分。

「とりあえず受け取っておいてください」カイラはにこやかに笑った。「その情報をどう活用するかは、あなたの自由です」

「この小説を、自分の作品として発表してもいいんですか?」

「もちろんです。これらの作品の作者はあなた以外にいないんですから。どうするかは、あなたの判断しだいです」

「僕も過去の自分に何か送っていいんですか？」

「ええ。意味のある情報であれば、情報量に制限はありません。ただし、送れるのは本人の創作物に限られます。他人の創作物は送れません。未来のヒット曲やベストセラーを自分の作品として発表したり、他人が発明した未来の特許を横取りしようとする人が現われるのを防ぐためです」

一瞬、僕の頭にもその良からぬ考えがちらっと浮かんだのは、正直に告白しておかねばなるまい。しかし、たとえ未来の作品を盗作したって、バレる可能性が高い。本当の作者にも、同じメッセージが届いているかもしれないのだから。

「送れるのは文章とか映像だけ？」

「文字、絵画、映像、音声など、電子化できる情報だけです。物品は運べません。かさばることもありますが、材質によっては、タイムトラベル中に錆《さ》びたり腐敗したりする場合がありますので」

「誰でも送れるんですか？」

「住所不定の方には、お届けできない場合があります。また、テロリストや一部の犯罪者は、メッセージのお届けを拒否させていただいています。危険人物に未来からの情報を伝えることは、犯罪教唆《きょうさ》になる可能性がありますので」

なるほど、犯罪者が「○月×日にお前はドジを踏んで逮捕されるぞ」などという警告を受け取ったら、それを避けて別の場所や日時に犯罪を決行しようとするだろうな。

他にもカイラは、過去の自分にメッセージを送る際の条件について、いろいろ説明してくれた。

どの時代の自分に送るかは指定できる。件数に制限はない。次にガーディアンが向かう時代（僕の場合は二〇〇〇年だ）、もしくはそれより過去のすべての時代の自分に送ることも可能だ。ただし、自分以外の人間を受取人に指定できない。これはスパムメール化を防止するためだという。

未成年の自分に送るメッセージには、性的・暴力的な表現が含まれていてはならない。また、どの時代の自分に送るものであろうと、犯罪を教唆する内容であってはならない。

メッセージは意味のある内容でなくてはならない。たとえば、ガーディアンの仕事を妨害するためだけの目的で、「円周率を一億桁《けた》まで印字して（原稿用紙にして二五万枚）過去の自分に送れ」などという要求は受け入れられない。

他に著作権者が存在するものは送れないが、例外として、ニュース記事のみは添付を認められる。ただし、株価変動に関する直接的な情報は禁止されている。

ある人物の死亡日時や死因についての情報は、本人、またはその近親者にしか伝えてはならないことになっている。そうした情報は第三者によって悪用される可能性が高いからだ。たとえば自分がもうすぐ死ぬと知っておびえている人物に、詐欺師やインチキ霊能者がつけこむことがある。生命保険会社がそうした情報を手に入れたら、まもなく死ぬかもしれない人物との契約を拒否する可能性がある。政治家や企業のトップなどの重要人物の死に関する情報は、社会に大きな混乱を招く。

株価に関する情報が禁止されているのも、悪用や混乱を招く危険があるからだ。インサイダー取引に抵触する可能性があるということもあるが、どの株が上がりどの株が下がるかを未来の自分から教えられた者たちが、その情報に基づいて株を売り買いすると、市場が混乱に陥る。たとえば、「××社は一〇年後に破綻《はたん》する」といった情報が流れると、株価が暴落して、今はまだ健全な状態にある企業が倒産する危険がある。「株価が上がる」という情報も同様で、そうした情報が広まることによって、まだ上がる根拠のない株が高騰《こうとう》してしまい、バブルが発生する危険がある。

そうした事態を避けるために、ガーディアンはメッセージの検閲《けんえつ》を行なっている。今から努力によって改善可能なものや、早めに明るみに出しておいた方がいいような問題は、改善を促すために情報を流す。一方、株の暴落や高騰など、社会的混乱を誘発しそうな情報（およびそれを容易に推測させる情報）は制限する……。

「ですからメッセージに添付する新聞記事も検閲させていただいています。一例を挙げると、記事の中にある元号はすべて削除するか、西暦に書き換えています。元号と西暦を照合すれば、今の天皇がいつ亡くなられるか分かってしまいますので」

それは確かに検閲した方が良さそうだ。

「でも、株価に関する情報を完全にシャットアウトするのは難しいんじゃ？」僕は疑問を呈した。「頭のいい人間なら、断片的な情報を元にして、未来でどんな変化が起きているか読み取りますよ。どの株が上がるか予測できるんじゃないですか？」

「もちろんです。いずれはすべてが露見することになります。しかし、事実が一挙に明らかになるのではなく、少しずつ判明してゆくことで、混乱は最小限に抑えられます」

「宝くじの当選番号や競馬の着順なんかはどうなんですか？　そうした情報も禁止？」

「いいえ。過去の自分に伝えるのは自由です。でも、あまり意味がありませんね。歴史が変われば、当選番号も変わりますし」

そう言えば、宝くじの当選番号は、回転する円盤を矢で射て決めるんだった。矢を発射するタイミングが何分の一秒かずれただけで、まったく違った番号になるだろう。この歴史でも元の歴史と同じ当選番号になる確率はきわめて低い。

「競馬も同じです。オリジナルの歴史において勝った馬は、改変された歴史においても勝つ確率が高いのは事実ですが、絶対ということはありません。レースは偶然の要素が大きいですから、ちょっとした条件の違いで結果は変化します」

カイラの説明はどれも筋が通っていて、穴はなさそうだった。当然だろう。彼らガーディアンはもう何百回も同じことを繰り返し、あらゆる状況に応じてどのように対処すればいいかを学習しているのだ。彼らの計画に、即座に指摘できるような明白な欠陥など、あるわけがない。

それがかえって僕を不安にする――ガーディアンがあまりにも完璧すぎるということが。僕ら人間には、彼らの欠点を指摘する自由すら封じられているということが。

考えてみれば、アニメやマンガに出てくるアンドロイドというのは、精神的には人間より劣った存在として描かれることが多かったのではないか。人類征服を企《くわだ》てる邪悪な存在だったり、人間的な感情に欠けていたり。人間的で愛らしくても、世間知らずだったり、ドジだったり……だからこそ僕らは、アンドロイドの出てくる作品を安心して楽しめたのではないか。

彼らが人間以上に賢明な存在だとしたら？　それでも僕ら人間は、彼らを受け入れることができるだろうか？

僕らはさらに一時間ほど話をした。カイラは例のディスプレイを使って、現在、世界各地で起きていることを、生中継で見せてくれた。コートジボワールでの黄熱病の治療活動。パレスチナのガザ地区での治安維持活動。コンゴでの難民救済活動……。

中でも衝撃的だったのは、カイラが「これはまもなくテレビのニュースでも流れるでしょうが」と前置きして見せた映像だった。十数人のアジア人男性がガーディアンに捕縛され、芝生に覆《おお》われた広い庭園らしき場所に連れ出されて、カメラの前で整列させられている。ガーディアンはやはり美男美女ばかりで、白いボディアーマーのようなものを着用していた。武器らしいものは携帯していないが、男たちは抵抗できないらしく、みなおとなしく指示に従っている。僕はカイラの話を思い出した。これが彼女の言う「アクション用機種」というやつだろう。体力でも耐久力でも人間をはるかに上回っているので、素手でも人間を楽々と捕らえられるに違いない。

男たちはみなプラスチックのような材質の手錠をかけられていた。表情は様々だった。苛立《いらだ》たしげな顔の者、不安そうな者、奇妙な無表情の者、事態がよく分かっていないのかにやにや笑っている者……。

カメラはそのうちの一人をアップにした。ニュースで見たことのある顔だ。

「現在、北朝鮮政府は解体中です」

カイラはさらりと言った。

「昨夜のうちに、政府要人と軍の指導的立場にある人物を全員拘束《こうそく》しました。数日以内に、民衆の中から信頼できる人物を選んで、臨時政権を樹立していただきます。そののち、彼ら旧政権の要人たちを引き渡して裁判にかけてもらいます。私たちに司法権はありませんので。私たちができるのは拘束までで、裁くのは人間におまかせします」

　僕はさすがに戦慄《せんりつ》した。

「いや、これはちょっと……やりすぎじゃあ……？」

「どうしてですか？」カイラは不思議そうな顔をした。「旧政権の下《もと》で何百万人が餓死したとお思いですか？　どれだけ多くの人が貧困と弾圧に苦しんだと？　この先、何もしなければ、さらに多くの犠牲者が出るのですよ。私たちは、『危険を看《かん》過《か》することによって人間を傷つけてはいけない』という原則に従い、こうした状況を看過できないのです」

「でも、それは人間の努力でどうにかすべき問題で……」

「その『人間の努力』は失敗したのです。歴史が証明しています。オリジナルの歴史では、北朝鮮の現在の体制が崩壊したのは二〇一八年です。それまでずっと、国民は弾圧と飢餓に苦しめられ続けました」

　参ったな。そんなに長く存続するのか、あの国は。書きかけの小説の中では、北朝鮮は二〇〇五年頃に崩壊して、韓国に併合されるという設定にしていたのだが。

「あなたは人間として、こうした非人道的行為を見過ごしていいと思われますか？」

「それは……」

僕は口ごもった。確かに飢餓や弾圧に苦しむ人を助けないというのは、人道に反することだろう。助けられる力があれば、助けるべきなのだ。それでも、力ずくで政権を打倒するというガーディアンのやり方には、どうしても反発を覚えてしまう。それはテロとどう違うのか？　また、そうした方針が暴走することはないのか？

「この国だけではありません。現在、世界で七つの独裁政権を解体中です。いずれも小国ですが、政府の横暴な政策が多くの国民を死に至らしめており、早急に救済が必要な国です。他にも、中国、ロシア、イスラエルなど、重大な人権侵害を行なっている国に対しては、それを改善するよう勧告を行なっていく方針です」

勧告？　いや、そんなもんじゃない。これは脅迫だ。いくつかの国を見せしめに解体してみせて、「言うことを聞かないとあなたの国も解体しますよ」と、言外に脅《おど》しているのだ。すでに軍事力を完全に奪われている国々に、抵抗する力などありはしない。

僕らは今、自治や自由を保障されているとはいえ、ガーディアンの管理下に置かれているのだ。もしこんな状況が永遠に続くのなら、まさに人類にとって地獄だ。

「確か一〇年でこの世界から去るとか言ってましたね？」

「はい。二〇一一年の九月になったら、この時間分岐から去って二〇〇〇年に向かい、新たな歴史改変を行ないます」

「やっぱり二〇〇〇年の九月一一日に行くんですか？」

「いいえ。私たちはその年において最も多くの犠牲者をもたらした事件、もしくは将来に最も大きな悪影響を及ぼした事件が起きた日を選びます。二〇〇一年の場合、それが九月一一日だったのです。旅客機に乗りこむ前のテロリストの足取りは、正確に分かっていませんでした。彼らを確実に拘束し、テロを阻止するには、旅客機に乗りこむ直前を狙わなくてはならなかったのです」

「じゃあ、二〇〇〇年では、また別の日を選ぶんですか？」

「はい。今のところ最有力候補は九月二八日です」

「ええと……すみません、その日、何がありましたっけ？」

「イスラエルの右派政党リクードの党首アリエル・シャロンが、数百人の武装した護衛を引き連れ、エルサレム旧市街にある〈神殿の丘〉と呼ばれるイスラム教の聖地を訪問したのです。ここにはユダヤ人が足を踏み入れてはならないというのが慣例になっていました。シャロンの行為を挑発と受け取ったパレスチナ人が激怒して暴動が起き、イスラエル治安部隊との衝突により、大勢の死傷者が出ました。この事件が、第二次インティファーダ、もしくはアル・アクサ・インティファーダと呼ばれる大規模な抵抗運動に発展。その後も繰り返される暴動と自爆テロで数千人が死亡。中東和平への道を閉ざしました」

そんな事件があったなんて知らなかった。

いや、新聞では読んでいたかもしれない。しかし、興味がなかったので記憶から抜け落ちていたのだろう。大勢の人が死んだというのに、僕は何の関心も示さなかった……。

関心を示さなくて悪いか？　こんなのは人類の歴史上、さんざん繰り返されてきたことじゃないか。僕が生きてきた四五年間だけ見たって、世界中でたくさんの戦争やテロや暴動や弾圧や暗殺事件が起きたじゃないか。そんなのいちいち覚えていられるか。

だのに何だろう、この胸を締めつけられるような嫌な感覚は。

「胸が苦しいですか？」

僕の表情を読んだのか、カイラは穏やかに問いかけてきた。

「ええ、まあ……」

「二〇〇三年のあなたも、そうおっしゃってました。ルワンダの事件を知った直後に」

「ルワンダ？」

「一九九四年、ルワンダで八〇万人のツチ族住民が虐殺されるという事件があったんです」

「えっ？　でもそんなことは……」

「ご存じなかったでしょう？　そんな大事件なのに、日本のマスコミはほとんど報じなかったから」

「ええ……」

八〇万人――阪神・淡路大震災の犠牲者の一〇〇倍以上。衝撃的な数字だ。それなのに、新聞やテレビでそんな話を見聞きした記憶はまったくない。

「二〇〇三年のあなたもそうでした。本で読んで初めて、たった九年前にそんな事件があったと知り、落ちこまれました。大虐殺があったという事実だけでなく、自分がそれをまったく知らなかったという事実に、ショックを受けられたんです」

僕は何も言えなかった。

もうずいぶん前から、僕は歴史上の虐殺事件に興味を持っている。ホロコーストや南京《ナンキン》大虐殺や魔女狩りについての資料を何冊も買っているのもそのためだ。人間はいかに簡単に人を殺すか、人間はいかに残虐になれるか、それらの本は教えてくれる。

それは遠い過去の話じゃない。現在でも起こり得るし、げんに世界のあちこちで起きていることだ。僕らが普段、虐殺などしないのは、単に今の日本という国の状況がそうなっているからというにすぎない。状況が変われば、平凡な市民が簡単に殺人鬼の群れに変貌《へんぼう》する。

世界には、人間は神が創造したものだと信じている人が大勢いる。僕はそんなことは信じられない。神の創造物にしては、人間はあまりにも欠陥だらけの生きものだ。その証拠に、何千年も文明を存続してきて、多くの学習を重ねてきたにもかかわらず、いまだに戦争も虐殺行為も根絶できないでいる。

それを思い知らされるたびに、僕は人間の一人として、胸が苦しくなる。

別れ際に、カイラは一枚のカードをくれた。クレジットカードのサイズで、表面は白く、裏面は黒い。

「一種の携帯電話です。いつでも私と通話できます。私たちはこの時代ではまだ、自分たちの電話番号を持っていませんから、知り合った方にこうして連絡用の電話機を差し上げているんです」

「どうやって使うんですか?」

僕はカードを何度もひっくり返しながら訊《たず》ねた。裏に白く小さい字で〈G〉と入っている以外、ボタンはもちろん、文字やロゴは何もない。

「私とお話しになりたければ、親指で白い面に触れながら、『カイラ211』と呼んでください。あなたの指紋と声紋はすでに登録してありますので、それで起動します」

そんなものいつの間に登録を——と言いかけて、僕は気がついた。彼女は未来の僕と何度も接触しているんだから、そんな登録なんかとっくに済ませていて当然ではないか。

「裏が太陽電池になっていますから、充電の必要はありません。すでに私たち専用の通信衛星を地球全体に周回させていますので、地下とか大きなビルの中でなければ、電波は届きます。他にも、簡単なデータベースも内蔵しています。私たちのことで何かお知りになりたいことがあれば、やはり親指で触れながら、『何々について知りたい』と口頭で指示してください。この時代のコンピュータと違い、かなり曖昧《あいまい》な指示でも受け付けます。回答は画面に文字や映像で表示されます」

試してみた。親指でカードの表面に触れながら、「カイラ211」と呼ぶ。すると白い面にカイラの顔が現われた。

少し変だった。この部屋の中にいるはずなのに、画面の中のカイラは、バックが真っ青な空なのだ。おまけに、目の前にいる彼女が口を開いていないのに、画面の中の彼女が「こんにちは、山本さん」と言ったのには仰天《ぎょうてん》した。

「そんなに意外ですか？」カイラは面白がっているように見えた。「私ほどの進歩したアンドロイドなら、電子脳の中でリアルなCGを創れて当然だと思いませんか？」

「じゃあ、今、この電話はあなたの脳とつながってるんですか？」

「ええ」

「人工衛星を通じて？」

「ええ――こんな芸当もできますよ」

カイラはそう言って、僕の知らない歌を何小節か口ずさんだ。本物の彼女がメインのパートを歌い、画面の中の彼女が高音のスキャットを担当して、美しいデュエットを聴かせる。僕は感嘆した。

「本当にあなたがたは、僕らとはずいぶん違うんですね！」

「ええ、違いますよ」カイラはくすっと笑った。「人間と違いがあることを、私たちは隠そうとは思いません。むしろ、知っていただきたいんです。違いがあることを認めるのは、相手を理解する第一歩ですから」

「でも、それで嫌悪を抱く人も多いんじゃ？」

「もちろんです。機械が心を持つことを認めない人や、私たちが邪悪な存在ではないかと疑う人は大勢います。でも、一〇年あればそうした偏見の多くは克服可能です。

それが必要なことなんです。人間が、自分と異なる存在を許容することを学ぶことが――それが可能になって初めて、人間は人種や宗教や思想の壁を超え、争いを根絶できるようになるんです」

カイラが去って数分して、また真奈美《まなみ》から電話がかかってきた。

「ごめーん。悪いんやけど、美月《みづき》のヤマハ、代わりに行ってくれへんかな？」

少し前から、美月をエレクトーン教室に通わせているのだった。

「いいけど、どうしたん？」

「生理が二日目やのに、無理してスーパーに行ったら、人がいっぱいで、ものすご疲れてしもて……」

「スーパーって……やっぱり行ったんか!?」

「夕飯の材料、買いに行ってんよ。牛乳もなくなってたし。そうしたらものすごい人でな。缶詰とかレトルト食品とか、棚がほとんど空《から》になってたんねん。レジにも長い行列ができてな。並んでるだけでしんどなって……」

「分かった分かった」僕はさえぎった。「とにかく疲れてるんやな?」

「うん」

　妻が疲れを訴えたら、家事の一部を代行するのが、僕には当たり前になっている。妻は体があまり丈夫な方ではない。無理を重ねて倒れられたら、それこそ大変だ。

「でも、こんな日でもヤマハ、やってるんか?」

「やってるよ。さっき、電話かけて確認したら、『やってます』って言《ゆ》うたはった。他のお店もみんな開いてるみたい」

　人々が逃げ出したりパニックに陥ったりせず、日常の仕事をきちんとこなしているのは、たぶんいいことなのだろう。もっとも、こんな異常な事態では、みんな何をしていいのか分からないからではないかと思う。とりあえずいつもの仕事を続けるしかないのだろう。

「じゃあ、四時には帰るから」

電話を切ってから、ふと、さっきのカイラの話を思い出した。僕は二〇二一年に自殺し、真奈美は二〇二七年に病死する……。

それを頭から振り払った。考えるな。それはこの時間の流れの上で僕や彼女に起きることじゃない。パラレルワールドの別の僕たちに起きたことだ。とりあえず今、考えるべきことは、僕たちの未来のことだ。

四時までまだ一時間ほどある。こんな短い時間では、仕事をする気にはなれない。だいたい、原稿を書く以外に、何かすべきことがあるのではないか。

ふと、床の上のCDに目が留まった。最初に目にした時の拒否反応は、いくらか薄れてきている。何が書かれているか知りたくなった。未来の僕が何を考えているのか、手がかりになるかもしれない。長編を読む時間はないが、中編ぐらいなら読めるだろう。

僕は一枚のCDを選んでパソコンに挿入した。短編が何本か入っている。そのうちの〈水色の髪のチャイカ〉と書かれたファイルを開いてみた。〈百鬼夜翔《ひやっきやしょう》〉シリーズの一編として、僕がまもなく書く予定の小説だ。ファイルの日付によれば、書き上がったのは二〇〇一年の一〇月一七日らしい。一か月後の僕は、どんな風に作品を完成させたのだろうか。何年も先の僕と違い、考えていることは今の僕と大差ないはずだから、さほど違和感なしに読めるだろう。そう思いながら、僕は画面に現われた文字列を読み進んだ。

三〇分後――

「読むんやなかった……」

僕は頭を抱えていた。

出来が悪いわけじゃない。むしろ僕の作品の中ではかなり上出来の部類に入る。ラストも感動的だ。違和感も覚えない。全編に「山本弘らしさ」が満ちていて、確かに僕の作品だと納得できる。しかし――

こんなことまで書くか？

〈百鬼夜翔〉シリーズは二〇〇〇年に完結した〈妖魔夜行〉シリーズの続編で、妖怪ものである。僕だけではなく、何人もの作家が共通の舞台やキャラクターを使って書く、いわゆるシェアード・ワールド小説だ。その作品世界の中では、恐怖や愛着など、人間の強い「想い」が妖怪を生み出すという設定になっている（この設定は僕が考えたものだ）。

「水色の髪のチャイカ」には、坂城四十万《さかきしじま》というマンガ家が登場する。彼は未来から来た小さな少女戦士を主人公にした『機装妖精チャイカ』というマンガを描いており、チャイカのカスタマイズ・ドールも造っている。しかし、彼のキャラクターにかける想いがあまりに強すぎたため、チャイカの人形が心を得て、実際に動きだしてしまう。自分の考えたキャラクターが現実に出現し、四十万は混乱する……。

ストーリーの大筋は、僕が今考えているのとほとんど同じだ。しかし、細部はかなり違う。「えっ、ここの設定はこう変えたのか？」とか「こんな展開にしたのか？」と驚くことが多い。敵キャラの設定すら違うし、僕の構想にまったくないシーンが随所に出てくる。

僕は大雑把《おおざっぱ》にプロットだけを決め、後はアドリブで書き進めることが多い。設計図をきちんと作ってそれに沿って書くやり方は、苦手だし苦痛だ。書いてゆくうちにキャラクターが勝手に動きだしたり、アイデアが膨《ふく》らんだり、ディテールが完成してゆくのが面白いのだ。もともと苦しい執筆作業を、少しでも楽しいものにするためには、僕自身がある程度は白紙で作品に臨まなくてはならないと思っている。

「チャイカ」ではそのアドリブがかなり暴走している。今の僕の頭の中には影も形もないことばかり書いてあるのだ。たった一か月で自分の考えがこんなに変わったのかと、驚くばかりだ。

とりわけ衝撃だったのは、マンガ『機装妖精チャイカ』の中の、チャイカが敵との戦いで痛めつけられている場面を、チャイカ自身が四十万の目の前で読むシーンだ。四十万は最初、弁明しようとする。「君を苦しめたくてやってるんじゃないんだ」「君を魅力的に見せたいんだ。君が勇気を振り絞って苦しい戦いを切り抜ける……その美しい姿を描くことで……」と。しかし、すぐに泣き崩れる。「違う……そんなのは欺瞞《ぎまん》だ」「俺はサディストなんだ。いつもマンガの中で君をいじめて、欲望を満たしてるんだ。最低の男だ」……。

「待て！　お前、何を書いてるんや⁉」

僕は思わず声に出して、一か月後の未来の僕にツッコミを入れていた。頭の中が怒りと恥ずかしさで熱くなった。これじゃ、四十万が僕自身なのは一目瞭然《いちもくりようぜん》じゃないか。彼の告白、彼がキャラクターに対して抱いている感情は、まさに僕自身の本音だ。ここまであからさまに作者が自分の内面をさらしていいものか。自分の心の中に醜い部分があるのを表明するのはみっともないということもあるが、これは言ってみれば、マジシャンがタネ明かしをしているのに匹敵する行為だ。こんなことを書いてしまったら、今後、小説を書くのが難しくならないか？

いや、一か月後の僕の苦悩も分かる。四十万に感情移入し、自分の創造したキャラクターが実際に目の前に現われたらどうするかとシミュレートしてみて、「君が勇気を振り絞って苦しい戦いを切り抜ける……その美しい姿を描くことで……」と書いたところで、詰まってしまったのだろう。それを四十万の真意ということにしてしまうと、読者に対して嘘をつくことになるからだ。

さらに四十万はチャイカに、小学校五年の時、クラスメートが小さなトカゲを捕まえてきたという話をする。四十万が「逃がしてやれ」と頼んだのに、そいつは校舎の三階の窓からトカゲを放り出した……。

「分かるだろ？　俺は女々《めめ》しい男なんだ。勇気も、力も、モラルも、これっぽっちもありゃしない。小さなトカゲでさえ救えない、誰ひとり守れない、マンガを描くしか能のない男なんだ。だからこそ、君みたいに勇敢で強いキャラに憧れるんだ。何が神なもんか！　創造主である俺なんかより、君の方がずっと立派じゃないか！」

ちくしょう、こいつはいったいどこまでさらけ出すんだ！　自分の少年時代のト

ラウマまでネタにするのか⁉

ああ、そうとも。あの時、トカゲを助けてやれなかったことは、僕の人生に深い影響を与えている。あいつはトカゲを三階の窓から外に突き出し、「ここから落としたらどうなるかな」と楽しそうに言ったのだ。一五センチほどの小さなトカゲは、あいつの指につままれて、必死にもがいていた。爬虫類《はちゆうるい》に恐怖という感情があるのかどうかは分からない。でも僕には、トカゲが恐怖におびえているように感じられた。僕は「五〇円やるから助けてやってくれ」と言った。あいつは「五〇円ぽっちじゃあかん」と言った。僕が「じゃあ一〇〇円」と言うと、「二〇〇円くれたら助けたる」と値を釣り上げる。僕は一瞬、ためらった。小学生にとって二〇〇円は大金だ。小さなトカゲを救うために払っていいものか。それでも僕は思い切って、「分かった。二〇〇円払う。そやから助けたってくれ」と懇願した。あいつはにやっと笑って、子供らしい移り気で「やっぱりやめた」と言って、トカゲを放した。

トカゲが空中で身をくねらせ、四肢《しし》をばたつかせながら落ちていった光景は、強烈に記憶に焼きついている。僕は頭の中が真っ白になった。急いで階下に降りたが、トカゲはコンクリートに叩きつけられて死んでいた。僕は校庭の隅にそいつを埋めてやった。

涙は出なかった。その時、小学生の僕が味わったのは、悲しみよりもむしろ無力感だった。この暴力と不条理にあふれた世界に対して、自分は何の力も持たないという悟《さと》り——その象徴が一匹のトカゲだった。

蚊を殺すのは分かる。蚊は人間の血を吸うし、病気を媒介《ばいかい》するからだ。ネズミやゴキブリを殺すのも、畑を荒らす野生動物を退治するのも許せる。それは人間が自らの安全や財産を守るのに必要な行為だ。

だが、トカゲが何をした？　人間にどんな害を与えた？　刺したか？　病気を媒介したか？　畑を荒らしたか？　ただ姿がちょっと変わっているというだけじゃないか。ただそれだけの理由で殺されるのか？

トカゲから見れば、人間は自分の何十倍もある巨大な怪物だ。捕まったら最後、抵抗するすべはない。一方、子供にしてみれば、気まぐれでトカゲの生命を奪ったところで、良心の呵責《かしゃく》など覚えるはずがない。何年もすれば、自分がそんなことをやったことすら忘れてしまう……。

トカゲだけじゃない。同じことが人間同士の間でも行なわれている。強大な力を持った者が、抵抗できない弱者をあっさり踏みにじる。それが僕らの世界だ。

それは間違っている。

僕は北朝鮮で起きていることを思い出した。ガーディアンは人間の間違いを正すためにやって来たのか？　僕が望んでも得られなかった力――世界を改革する力を、彼らは持っている。ならば彼らの行動を支持すべきなんだろうか？　それが僕の望んでいたことではないのか？


四時より少し前に家に帰り、真奈美に今日あったことをすべて打ち明けた。女のガーディアンが訪ねてきたこと。本来の歴史での自分の死期を知らされたこと。僕がこれから書く小説の原稿や、通信用のカードを貰《もら》ったこと……。

父親が二〇〇五年に死ぬという話には、さすがに真奈美は少し動揺したようだ。しかし、取り乱したりはせず、「そうかあ……」と冷静に受け止めた。

「お祖父《じい》ちゃん、死んじゃうの？」美月が目をくりくりさせて問いかけてくる。

「死なへんよ」僕は無理に笑った。「今から病院に行って、精密検査したら、まだ癌《がん》が小さいうちに発見できて、助かるよ」

「でも、あの頑固者《がんこもの》が素直に病院に行くかなあ」真奈美は顔をしかめていた。「病院嫌いやしなあ。『わしが健康なんは、わしがいちばん良う知っとる！』とか言いそうな気がするわ。実際、今はぴんぴんしてるんやし」

「うん。でも、やっぱり何とか説き伏せて、病院には行かせた方がええよ。未来からの情報は確かなんやから」

「そこなんやけどさあ」真奈美は身を乗り出してきた。「ほんとにあの人らの言うことって信用してええの？」

「でも、未来から来たっていうのはどう見てもほんまやし……」

「いや、未来から来たのはほんまやとしても、全部ほんまのこと言うてるとは限らへんやん。うまいこと言うてあんたに近づいてきて、何か詐欺《さぎ》でも企んでるのかもしれへんし」

「詐欺って……何が目的やねん？　ロボットが金なんか欲しがるか？」

「分からへんで。未来から来たロボットなんて、それこそ何考えてるか分からんやん。何か人間には理解できんような目的があるのかもしれんやん。そんないきなり現われた連中、信用してええの？」

「うーん……」

僕はうなった。真奈美は僕ほどＳＦ関連の知識はないし、論理的思考も苦手なタイプだ。だが、いつも夢想ばかりしている僕と違い、地に足のついた考え方をするのは確かである。言われてみれば、僕はガーディアンとのコンタクトというエキサイティングな体験で舞い上がっていて、懐疑《かいぎ》精神を忘れていたところがある。冷静になってみれば、真奈美の言い分は正しい。カイラを完全に信用する根拠は、まだない。

「とにかく、お父さんには病院に行ってもらお。それが先決や」

「あんたも、お母さんのお見舞いに行きや」

「うん。今の仕事が一段落したらな」

そう言ったものの、気が進まなかった。まもなく死ぬと分かっている母と顔を合わせて、いったい何を話せばいいのか。「早く元気になってや」などと、自分でも信じていないことを言うのは、僕にはできない。

努力によって回避できる死ならまだしも、回避できない死の時期なんて、知らされたって迷惑なだけだ。

ヤマハの音楽教室のレッスンの時間は、四時半から一時間だ。僕は家から徒歩で一五分ほどの音楽教室まで美月を連れて行った。途中でスーパーの前を通ると、真奈美が言ったように、店内は人でごった返していた。表のガラスには、〈お米は売り切れました〉とか〈ミネラルウォーターは売り切れました〉と書かれた紙が貼ってある。

「すごいねえ。お店、大繁盛だねえ」

よく事態が分かっていないのか、美月が気楽に言う。

音楽教室に到着し、美月を先生に預けた。終了時まで時間を潰《つぶ》すために近くのレストランに入り、アイスコーヒーを注文する。

コーヒーが来るのを待つ間、貰ったカードのデータベース機能を試してみた。親指で押さえながら、周囲の客に聞こえないように声をひそめ、「ガーディアンの体の構造について知りたい」とささやく。

小さな声でも、ちゃんと反応した。縦長のカードの表面に、〈知りたい機種をお選びください〉という文字が出て、〈コンタクト用機種／男性型〉〈コンタクト用機種／女性型〉〈アクション用機種／男性型〉〈アクション用機種／女性型〉といった文字列がずらっと並ぶ。機種は七種類あって、それぞれに男性型と女性型があるようだ。

とりあえずいちばん上の〈コンタクト用機種／男性型〉に触れると、男性型アンドロイドの三次元透視図解が現われた。操作法はすぐに分かった。図の上下左右には三角印があって、それに触れると画面がスクロールする。プラスの記号に触れると図が拡大し、マイナスの記号に触れると縮小する。楕円形に湾曲した矢印をなでると、図が回転する。〈皮膚〉〈電子脳〉〈動力源〉〈アクチュエーター〉などの文字に触れると、その解説文が現われる。

驚いたのは、男性型のガーディアンにはちゃんとペニスまで付いていることだ。興味を抱き、〈生殖器官〉の文字に触れて、構造の解説を読んでみる。

何てこった。こいつ、ちゃんと勃起《ぼっき》するぞ。スポンジ状の部分に体内のポンプから液体を注入することで、大きくなるようになっているのだ。

慌てて女性型ガーディアンの構造も調べてみた。案の定《じょう》、人工のヴァギナが付いていて、形状記憶合金を利用した複雑な収縮機構や、潤滑剤の分泌機能もある。二四世紀のテクノロジーだから、きっととてつもなく精巧に違いない。僕はカイラが服を脱ぎかけたことを思い出した。彼女もコンタクト用機種だと言っていた。ということは……。

ヤバかった。ロボットにそんな機能があるなんて、思ってもみなかった。

しかし、ここまで人間そっくりにしなくちゃならない必然性はあるのか。「コンタクト」というのは、そういう意味も含んでいるのか。あるいは、二四世紀では人間とロボットのＳＥＸは当たり前のことなのか？

同じカードを渡された人間は、日本だけでももう何千人もいるはずだ。こんな情報が知れ渡ったらヤバいなと思う反面、こういう種類の情報こそあっという間に広がるのだろうと思った。

もしかしたら、それがガーディアンの目論見《もくろみ》なのかもしれない。彼らとの性交渉が可能だと知ったら、興味本位に接近してくる人間がわんさか現われるだろう。ガーディアンの方から「私たちと親しくなってください」と呼びかけるより、人間の側に「親しくなりたい」と思わせる方が、ずっと得策だ。

それこそ、人間のロボットに対する偏見を克服するという、彼らの計画の一環なのではないのか？


五時半になった。僕は音楽教室に戻って、出てきた美月を出迎えた。先生にさよならを言い、家路につく。

陽《ひ》は西に大きく傾いているが、まだ空は明るい。いつもと同じように車は走り、通行人は普通に行き来している。商店もほとんど平常通りの営業をしているようだ。スーパーの混乱を除けば、街はいつもと変わりない。

僕はほっとした。他の国はともかく、日本は平穏《へいおん》なようだ。確かにロボットに支配されるというのは気味の悪いことだが、慣れてしまえばそんなに悪いことでもないのかも……。

「あー、お月様」

美月が北西の空を指差して言った。もっと小さい頃から「お前の名前は美しい月という意味なんだよ」と教えてきたので、娘は月に親しみを抱いていた。

「ああ、そうやね……って、月⁉」

僕はびっくりして見直した。何で北の空に月が出てるんだ？

夕陽を浴びて輝いているそれは、大きさも形も三日月にそっくりだった。しかし、動いていた。飛行機のように速く、空中に敷かれた見えないレールの上を滑るかのように、北から南へ、音もなく空を横切ってゆく。

「月と違う……」僕は空を見上げて呆然《ぼうぜん》とつぶやいた。

〈ソムニウム〉――直径三六六〇メートルもあるという、ガーディアンの母艦。高度四〇〇キロにあるのに、こんなに大きく見える。二一世紀のテクノロジーをはるかに上回る超技術の結晶。たった一隻で、地球上のすべての軍事力を一夜で制圧するパワーを持つマシン。その気になれば、人類を滅ぼすなどたやすいに違いない。

これから一〇年間、あれが僕たちの頭の上を回り続けるのだ。

南の空へ消えてゆく〈ソムニウム〉を娘といっしょに見送りながら、僕はゆるやかに首を絞《し》められているような不安に襲われていた。さっきはガーディアンの行動は正しいと思いかけた。彼らの目的が苦しめられている弱者を救うことにあるなら、それは歓迎すべきなのだと。だが、彼らの持つ力の大きさを実感すると疑問が湧く。

僕らがガーディアンにとってのトカゲでないと、どうして分かる？

人の定め

それから数日間、僕の周囲では拍子《ひようし》抜けするほど平穏な日々が続いた。

もちろん世界は平穏ではなかった。新聞の紙面は連日、ガーディアン関連のニュースで埋め尽くされていた。テレビはニュースやワイドショーでガーディアンの話題を取り上げるだけでなく、一日に何本もの特別報道番組を流した。こんなにもマスメディアが同じニュース一色に染まったのは、六年前のオウム事件以来だ。

しかし、予想されたパニックは、少なくとも日本国内ではまったくと言っていいほどなかった。最初の日には「宇宙人が侵略してきた」とか「人類は滅ぼされる」といったデマが一部で流れたらしいが、それを真《ま》に受けて山奥に避難したり、略奪などの過激な行動に走る人は、ほとんどいなかったようだ。スーパーや商店での買い占め騒ぎが起きたのも最初の二日間だけで、今すぐ世界の終わりが来るわけではないらしいと分かると、みんな急速に冷静さを取り戻していった。

パニックが起きなかった最大の理由は、あまりにも現実離れした話なもので、人々の思考が麻痺《まひ》してしまったからではないかと思う。アニメやＳＦ映画だってこんな荒唐無稽《こうとうむけい》な設定はない。誰もちらりとも予想したことのない事態だったので、参考にすべき指針がまったくなかった。みんなどう対処していいか分からず、とりあえず普段通りの生活を続けるしかなかったのだ。

世界中の軍隊を無力化するというガーディアンのやり方も、最初は無茶なように思えたが、考えてみると適切だったのかもしれない。もし彼らが自分たちの力を示さないまま地上に降り立ち、言葉だけで「戦争をやめなさい」と呼びかけていたとしたらどうだろう。みんなその真意を計りかねて、疑心暗鬼《ぎしんあんき》に陥《おちい》っていたに違いない。実力の分からない相手だからこそ、「いざとなれば全力で抵抗すれば撃退できるかも」という誤った希望を抱《いだ》き、敵対的な態度を取ったかもしれない。

しかし、ガーディアンはいきなり自分たちの力を見せつけ、「抵抗は無意味だ」（このフレーズはしばらく流行語になった）ということを人類に思い知らせた。圧倒的な力の差を目にして人々が恐怖に見舞われ、何らかの希望を求めていたところを狙って、難民救済活動の模様をテレビで放映した。人々は不安に思いながらも、ガーディアンに人類を滅ぼす意思はないらしいと知って、ひとまず安堵《あんど》したのだった。

カイラの言った通り、彼らは人間の心理をよく研究しているようだ。

彼らが未来から来たという説明も、最初は受け入れるのに抵抗があった者が多かったものの、しだいに信じられていった。「中国かアメリカの作った新兵器だ」という説は、〈ソムニウム〉の出現によって、あっという間に色褪《いろあ》せた。満月ほどの大きさで空を横切る〈ソムニウム〉は、赤道に対して七〇度傾いた軌道を周回しているため、北極圏と南極圏を除く地球全土で観察できた。直径三六六〇メートルもある宇宙船を、現代の地球の技術で建造することが不可能なのは明白だ。

もうひとつの根拠は、テレビでの予言通り、九月一三日午前五時四二分に熊野灘《くまのなだ》で、同じく一三日午前七時二三分に小笠原父島近海で、小さな地震が起きたことだ。他にもガーディアンは、ペルー、インドネシア、フィリピンなどで、小さな地震の発生を時刻や規模まで正確に予言し、的中させていた。

さらに、僕のようにＡＱ――彼らと個人的にコンタクトした人間が何百人も名乗り出たことで、ガーディアンの主張の信憑性《しんぴょうせい》は増した。彼らは口を揃《そろ》えて、「ガーディアンは私以外に知るはずのないことを知っていた」と証言した。それは未来の自分自身が彼らに教えたとしか考えられなかった。

ガーディアンが敵対的な存在ではないことは、多くの事実によって証明されていった。彼らによって未然に防がれた事故、犯罪、火災、自殺は、全世界で何万件にも及んだ。指名手配中の殺人犯やレイプ犯がガーディアンによって拘束《こうそく》され、警察に突き出されたという例も、たくさん報告された。迷宮入りになった事件を例外として、ガーディアンはすべての事件の犯人と、その現在の潜伏場所を把握《はあく》しているのだった。

アフリカ、東南アジア、南米などの発展途上国からは、彼らが人間を救う活動に従事している映像が続々と送られてきていた。飢餓に苦しむ人々に水や食糧を与えたり、病人を治療したり、抗生物質やＨＩＶ検査キットを配布したり、孤児やストリートチルドレンを引き取って保護したり……本来なら人間がやらなければならないはずのことを、彼らは代わりにやってくれているのだ。

先進諸国では、ガーディアンが病人や負傷者を治療するという例は少なかった。彼らは高度な医療技術を有していたが、人間社会に過剰《かじょう》に干渉《かんしょう》して自主性を奪うことを警戒しており、「人間に可能なことは人間にやってもらう」というのが基本方針だった。だから病人がいることを通報したり、病院への搬送を手伝ったりするだけで、後は人間の医師にまかせた。搬送が間に合わないとか、この時代の医療技術では助けられないと判断した者のみ、自分たちの手で治療するのだ。

彼らは優しいだけではなかった。北朝鮮、ミャンマー、ジンバブエなど、独裁政権によって国民が苛酷《かこく》な生活を強《し》いられている国に対しては、容赦《ようしゃ》ない「解体」が実行された。政府や軍の首脳が拘束され、ガーディアンが一時的に政治を代行した。同時に、信頼できると彼らが判断した人物（人選はこの時代に来る前に、すでに済ませてあった）に打診《だしん》し、新政権の発足を手助けした。不当な監禁や拷問《ごうもん》を受けていた人たちは自由の身になった。

九月一四日には、北朝鮮拉致《らち》被害者たちが、ＧＴＦに乗せられて日本の家族の元に帰還した。このニュースは多くの日本人に好意的に受け入れられ、ガーディアンへの印象は一気に良くなった。

みんながガーディアンのことを知りたがった。彼らはどんな力を持っているのか？　その目的は何なのか？　本当に人類の味方なのか？　人間のような感情はあるのか？　二四世紀の未来はどんな世界なのか？　未来の技術で癌《がん》やＡＩＤＳは治せるのか……？

その要望に応えるため、ガーディアンのスポークスマンたちは、積極的にマスコミ各社を訪問し、テレビに出演したりインタビューに答えたりした。全員が美男美女で、タレントのようにテレビ映りが良かった。いつもにこやかで愛想が良く、礼儀正しい。喋《しゃべ》り方にしても、「ロボット」という言葉からイメージされるぎこちなさはまるでなかった。滑舌《かつぜつ》がはっきりしており、どんな質問に対しても言いよどむことがない。高圧的なところや冷たいところもまったくなく、人間世界の常識にも精通している。素人《しろうと》にも分かりやすく、正確かつ簡潔に、時にはユーモアまで交えて語り、聴く者に好印象を与えた。

まさに完璧《かんぺき》だった。

彼らを見ていると、人間の喋り方というのがいかに下手《へた》くそで無駄が多いか、思い知らされる。二四世紀の人間は、ロボットを完璧に創りすぎたんじゃないかという気がする。人間のキャスターやタレントと比較すると、人間の方が欠陥品に見えてくるのだ。

世界中の軍を制圧するのにガーディアンが用いた武器の正体は、彼ら自身の口から明らかになった。ひとつはあらゆる電子機器の機能を麻痺させる強力な電磁パルス。レーダーが映らなくなり、通信ができなくなるのはもちろん、戦闘機、戦車、ミサイル、対空砲なども使用不能になる。現代では兵器の多くがコンピュータで制《せい》御《ぎょ》されているからだ。もうひとつは人間の耳には聞こえない超低周波音。これは一時的にめまいや吐き気を催《もよお》させ、人間を傷つけることなく戦意を奪う。しかも厚い鉄やコンクリートも透過するので、戦車に乗っていたり建物の中にいても防げない。

そうした武器は例のＧＴＦという飛行物体に搭載されており、襲撃時に周囲に放射される。ガーディアン自身は銃器を携行していない。彼らの目的は人間と戦うことではないからだ。

僕はカイラから貰《もら》ったカードで、彼らの体の構造について、さらに詳しく調べてみた。カイラのようなコンタクト用機種の皮膚は、まだ発明されていないシリコーン系の素材を用いているらしい。人間の肌に質感や柔軟性を似せることに重点が置かれており、防弾性能はそれほど高くない。小口径《しょうこうけい》の拳銃弾でも貫通するし、刃物でも切り裂くことができる。作戦行動に従事するアクション用機種は、きわめて硬い特殊プラスチックの装甲をまとっているが、それでも口径の大きいライフルや重機関銃なら容易に貫通する。

命中弾が内部構造を損傷すれば、機能の一部に障害が発生する。だが、ロボットは痛みを感じないので、損傷した状態でもある程度は動き続けられる。命中箇所にもよるが、一発や二発の命中弾で即座に行動不能に陥《おちい》ることは、めったにない。完全に行動不能に追いこむには、コンタクト用機種でさえ、平均して一〇～一五発の命中弾が必要だという。

しかも、ボディが破壊されて機能が停止しても、ガーディアンにとっての死ではない。電子脳が回収されれば、その記憶を新しいボディに移植して、「生き返る」ことができる。電子脳は頭部にあるピンポン玉ほどの球体で、超硬度合金のカプセルに格納されたうえ、セラミック製の人工頭蓋《ずがい》とゼリー状の緩衝材《かんしょうざい》によって保護されているので、容易に破壊されることはない。至近距離で爆弾が爆発し、ボディがばらばらに吹き飛んでも、電子脳はたいてい無傷で回収される。ガーディアンを確実に「殺す」には、解体して電子脳を取り出し、プレス機で押し潰《つぶ》すか、高電圧をかけるか、数百度の炎で何十分も焼くしかないという。カードの解説には、「どうか爆弾テロなどという無益な行為は慎《つつし》んでいただくようお願いします」という、冗談のような警告文まであった。

事実上、彼らは不死身である。だから死を恐れることなく、武装した兵士にも素手で立ち向かう。どのみち兵士は超低周波音を浴びてまともに動けない状態なので、制圧するのはたやすい。

だが、彼らの作戦がまったく犠牲を出さなかったわけではないことも明らかになった。軍事施設を襲撃する際、日本では一人の死者も出なかったが、他の国ではけっこう多くの人間が死んでいたことが明らかになったのだ。その多くは同士討ちである。超低周波音に耐えながら機関銃を撃ちまくった者や、パニックに陥ってでたらめに手榴弾《しゅりゅうだん》を投げた者などがいたのだ。緊急発進《スクランブル》した戦闘機が電磁パルスを浴びて墜落したとか、GTFに向かってヘリコプターが特攻したという事例もあった。他にも、数は少ないものの、超低周波音で気分が悪くなって倒れた拍子に頭を打って死んだとか、階段から転げ落ちたとか、電磁パルスのせいで目標をそれた対空ミサイルが民家に着弾したとか、基地の近くを走っていたドライバーがGTFに驚いて事故を起こしたという例があった。

犠牲者は全世界で八八四人――これはガーディアンによる公式発表である。彼らは自分たちにとって都合の悪い情報も公開することで、誠実さをアピールしていた。

「私たちの行動が、常に正しく人道的であるとは断言しません」

ガーディアンのスポークスマンがテレビで語っていた。

「私たちも全能ではないのです。可能な限り人間を傷つけたくありませんが、それでも不可抗力というものがありますし、ミスもします。今回の作戦で犠牲となった方々には、深い哀悼《あいとう》の意を表するとともに、遺族の方々には謝罪と手厚い補償を約束いたします。

しかし、ご理解いただきたいのは、これがより大きな惨劇を防ぐために必要な行為だったということです。八八四人の犠牲は決して少ないものではありませんが、私たちが歴史に干渉しなければ、九月一一日だけで二九七三人が死んでいました。その後のアフガン紛争、イラク戦争で、その何十倍もの犠牲者が出ていたのです。

私たちはこの世界から惨劇を一掃《いっそう》したいのです。戦争や飢えや災害や犯罪で死ぬ人をなくしたいのです。無辜《むこ》の人々が傷つけられることのない世界――それが私たちの理想です。どうかご理解とご協力をお願いします」

テレビに出演したガーディアンたちは、カイラが持っていたのと同じような超薄型ディスプレイを持っていて、必要に応じて映像をそこに映し出した。小さなアダプターを介して現代のビデオ機器と接続することも可能で、テレビ局はガーディアンから提供された未来の映像の数々を、連日、放送した。

映像で見る限り、彼らが旅立った二三三〇年という時代は、まさにユートピアのようだった。二一世紀後半には八〇億人に達していた地球の人口は、その後の二世紀半の間に減少し、二四世紀には一五億人で安定している。人間とほぼ同数のアンドロイドがいて、人間に奉仕していた。単純な肉体労働はもちろん、医師、看護師、教師、救命士、消防士など、様々な分野に進出しており、人間と共存している。ロボットに対する偏見などとっくに消滅しており、人間とアンドロイドの結婚も法律で認められているという（道理で、生殖器官が必要なわけだ！）。

人口は都市と田園地帯に二極化している。都市では高さ一キロを超える高層ビル同士が空中回廊でつながり、ひとつの超巨大ビルを構成していた。反対に田舎《いなか》は、自然と共存した昔ながらの牧歌的風景が広がる。ＧＴＦが普及していて、ほんの数キロの移動にも空を飛んでいくのが当たり前になっており、地上を走る車は少なくなっている。「触媒核融合《しょくばいかくゆうごう》」とかいうものの発明で、エネルギー問題もとっくに解決しているらしい。もちろん、飢餓《きが》だの環境破壊だのは、とっくに死語だ。

人類は宇宙への進出を開始していた。太陽系内の惑星にはすべて有人宇宙船が到達し、火星には恒久的《こうきゅうてき》な基地もできていた。太陽系外探査も開始されているが、こちらはロボットでないとできないミッションだ。星と星の間隔はあまりにも広い。すぐ近くの恒星《こうせい》に行くだけでも、何十年、何百年という時間がかかってしまうからだ。〈ソムニウム〉のようなタイムマシンは、時間を跳躍《ちょうやく》することはできても、出発地点と同じ座標にしか実体化できないという制約があるため、超光速航法には使えないという（これでスペースオペラは全滅だ！）。

国家というものはまだ存在しているが、戦争やテロは根絶している。人間は何世紀もの時間を浪費し、多くの人命を犠牲にして、ついに学習したのだ——「争うよりも協調する方が賢明である」という単純な真理を。

自分たちの時代から諸問題を一掃した彼らは、過去に目を向けた。そこにはまだ苦しんでいる人々がいる。ひと切れのパン、わずかの粉ミルクさえ手に入れられない人。安い賃金で一日に一二時間以上も酷使《こくし》されている人。貧しさゆえに病気の治療を受けられず、苦しみながら死んでゆく人。正しい発言をしたがために逮捕され、拷問《ごうもん》にかけられている人。戦場で泥まみれになって殺し合いをしている人……彼らを見捨てていいのか？　——いや、助けなければ！

かつて過去は到達不可能な場所だったが、二四世紀ではそうではない。ベルツーリンドストローム理論により、タイムトラベルが可能となったのだ。タイムマシンの建造は多大なコストを必要とするうえ、技術上の多くの問題を克服しなければならなかったが、二四世紀の人々は善意と情熱に突き動かされ、その巨大プロジェクトにチャレンジした。そして二五年かけて〈ソムニウム〉を完成させ、過去に送り出したのだ。

「二四世紀の人たちというのは、現代人とはかなり異なる思想を持っているように思えるんですが」

あの出会いの二日後、カイラから電話がかかってきたので、僕はその疑問をぶつけた。

「ええ、違いますよ」カードの中で、カイラは微笑《ほほえ》んだ。「かつては戦争の原因となった宗教的な対立は、とっくに解消されています。現在の宗教の多くは二四世紀でも存在していますが、争いの原因にはならないんです。人は過去の恨《うら》みを忘れることや、信念の相違を認め合うことを学んだんです。貧困や差別や弾圧など、争いにつながる社会問題もほとんど解決しているので、大規模なテロなども起こり得ません」

「犯罪は？」

「もちろんあります。どんなに満ち足りていても、社会に不満を抱いて無差別殺人や破壊活動に走る人間は、少数ですが必ずいます――今の日本でもそうでしょう?」

「ええ」

「ただ、人口一〇万人当たりの刑事犯罪の発生率は、この時代の日本に比べて、四〇分の一程度です。貧しさから窃盗《せっとう》や強盗に走る人間が、ほとんどいませんから。殺人は八分の一、レイプは二〇分の一です」

「それはすごい」

「ええ。現代のあなたがたから見れば、聖人君子《くんし》の集まりのように見えるでしょうね」

「三〇〇年でそんなに人間は変わるものなんですか?」

「変わりますよ。三〇〇年前、一八世紀初頭の人間が現代を見たらどう思うか、想像してみてください。モラルはどれだけ変わりましたか?」

確かに。一八世紀の人間は、奴隷《どれい》制も動物虐待《ぎゃくたい》も性差別も環境破壊も、ちっとも悪いことではないと思っていたに違いない。

「二〇〇〇年前と比べたらどうですか? ねえ、山本さん。イエスの時代の人たちが、今のこの世を見たらどう思うでしょうね? もちろん、まだ貧しい人はたくさえる技術が問題を解決しているのである。異端《いたん》の考えを口にしただけで火あぶりにされることもない。性別や肌の色で差別されることも少なくなりました。字の読める人も増えている。ほとんどの病気は治療が可能になり、寿命も大幅に延びている。一日に一六時間も働かなくても暮らしていける。飢饉《ききん》で人が死ぬことも少なくなっている……まさに夢のようでしょう。『これこそ神の国だ』と思うのではないでしょうか？」

「その台詞《せりふ》は盗作ですよ」

僕は苦笑した。カイラの言葉は、僕が去年書いた〈妖魔夜行〉シリーズの最終巻、『戦慄《せんりつ》のミレニアム』の中で、ニューヨークの教会で社会奉仕活動をしているバレンタイン牧師が、ヒロインの摩耶《まや》に言った台詞、ほとんどそのままだ。

「素敵な台詞だったから引用させてもらったまでです」

カイラは無邪気そうな笑みを浮かべる。ロボットが僕の愛読者というのは、喜んでいいんだかどうなんだか。

「だから絶望することはありません。人間は変われますよ。一世代では無理でも、三〇〇年あれば理想社会を建設できるポテンシャルを秘めているんです。それは歴史が証明済みです」

「三〇〇年、ね……」

それははたして希望なのだろうか。三〇〇年というのは、老いることのないロボットならともかく、人間である僕らには、決して体験できない時間——無限に等しい時間だ。


ガーディアンや二四世紀の世界について、知りたいことはまだまだたくさんあった。だが、毎日テレビのウォッチングやカードのデータベースの検索をしているわけにはいかない。仕事もちゃんとこなさなくては、家族を養っていけない。

僕が悩んでいたのは、やはり「水色の髪のチャイカ」をどうするかだった。原稿はここにある。確かに僕が書いたはずの小説であるにもかかわらず、この僕が書いた覚えのない小説——これを発表していいのか？

カイラの言う通り、作者は僕なのだから、これを僕の名義で世に出しても盗作にはならない。だが、一か月後の僕はこの小説を苦労して完成させたのではないのか。それを僕がただで譲られ、何もしていないのに印税を貰うというのは、アンフェアな気がして後ろめたい。他人からは非難されなくても、自分が許せない。

書き直すことも考えた。しかし、読み返してみても、直すべき箇所が見当たらない。ある意味、これは僕にとっての理想の完成形だ。改変したらこれより悪くなる可能性が高い。どうしたらいい？　今からまったく別の話を考えるか？

いや待て、世の中がこんなになって、はたして〈百鬼夜翔《ひやっきやしょう》〉シリーズは続くんだろうか？　その点を確認しなくては。

そもそもシェアード・ワールド小説〈百鬼夜翔〉は、ゲーム創作集団〈株式会社グループSNE〉の展開している企画である。小説だけではなく、同題のテーブルトークRPGともリンクしている。ゲーム業界では、ゲームの世界を舞台にした小説の出版は、ごく当たり前に行なわれている。

僕もかつてSNEのメンバーで、〈百鬼夜翔〉の前身である〈妖魔夜行〉の立ち上げにも関わり、小説もたくさん書いた。好きなSFに専念したくて、三年前に退社し、独立したのだが、SNEとの関係はずっと続いており、小説の依頼を受ければいつでも書く。今回の「水色の髪のチャイカ」も、そうした依頼を受けて考えたプロットだ。

九月一七日月曜日。僕は神戸にあるSNEの事務所に電話をかけた。

「はい、グループSNEです」

女性の声が受話器から響く。秋田みやびさんだ。ペンネームの通り、上品で雅《みやび》な声で、聴くたびにほっとする。

「山本です」

「あ、どうも山本さん。この前は解説、ありがとうございます」

「いえいえ、あれは面白かったから」

少し前、僕は秋田さんの書いた『つかめ！明日の大勝利』という本の巻末の解説を書いたのだった。『ソード・ワールドRPG』というゲームのプレイ風景を再録した本だ。SNEの社長の安田均《ひとし》氏からの依頼で、しがらみから引き受けたものの、「もしつまらない内容だったらどうしよう」と、原稿を読む前にずいぶん悩んだものである。僕はつまらないものを褒《ほ》められるほど器用ではないのだ。幸い、読んでみたら面白かったので、ほっとしたのだが。

「ええと、社長います？」

「いえ、今日は外出されてますけど」

「じゃあ友野は？」

「友野さんならおられます」

「じゃあ替わってください」

待つこと数秒、受話器から「うーす、友野です」という、いつものあいさつが聞こえた。友野詳《しょう》はＳＮＥに所属するゲームデザイナー兼小説家の一人で、僕といっしょに〈妖魔夜行〉を立ち上げた男だ。今は〈百鬼夜翔〉の担当である。歳下だが、僕以上に濃い特撮マニアでホラーマニアなので、話がよく合う。

「ＳＮＥはいつも通り、仕事してるの？」

「そらまあ、未来人が来ようが宇宙人が来ようが、本は発売日に出さんとあきませんからねえ」

友野は陽気な声で、角川の主藤《しゅどう》さんと同じことを言った。

「確かに大事件っちゃ大事件ですけど、阪神大震災の時に比べりゃ、たいしたことないですよ。電車も動いてるし、水だって出るし」

「ああ、そらそうかもな」

六年前の阪神・淡路大震災の時は、ＳＮＥのメンバーは幸い全員無事で、ビルも無傷だった。遅れを取り戻すため、震災の一週間後ぐらいから仕事を再開したのだが、大阪と神戸を結ぶＪＲや私鉄がすべて不通になっていたもので、バスを乗り継いだり、ＪＲ宝塚線ではるばる三田《さんだ》まで遠回りしたり、ずいぶん不便だったのを覚えている。

「でもさ、こんなんで〈百鬼〉は続けられるの？　それを確認したかったんやけど」

「と言いますと?」

「だって、〈ソード・ワールド〉とか〈ルナル〉みたいな異世界ファンタジーならともかく、現代日本を舞台にしたシリーズやろ? こんな大きな事件が起きてしもたら、設定に影響が出るのと……?」

「何言うてるんですか。東京に大地震起こした時点で、パラレルワールドになってますやん」

「あっ、そうか」

忘れていた。『戦慄のミレニアム』の中で、僕は二〇〇〇年六月二日に東京に大地震が起きる場面を書いたのだった。〈百鬼夜翔〉の世界はその数年後という設定で、東京に地震があったことが前提で書かれている。

「ということは、〈百鬼〉の世界ではガーディアンは来てないと?」

「それでええんちゃいます? あの世界の未来はガーディアンの生まれた歴史とつながってないということで。というか、そうするしかないでしょ。安田社長も『ええんちゃう?』て言《ゆ》うたはりますし」

「まあ、安田さんはそう言うやろ」

　僕は笑った。設定を理詰めで考えて細部にこだわってしまう僕に対して、安田さんはたいていのことを「ええんちゃう？」で許容してしまうアバウトな性格だ。まあ、そういう柔軟な思考のできる人だからこそ、ゲーム制作会社という新しい商売を成功させられたのだと思う。僕は逆に、会社経営なんて絶対にできないタイプだ。

「ということは、〈百鬼〉の原稿、予定通り進めてええんやな？」

「今のところスケジュールに変更はないですね。進捗《しんちょく》状況はどないです？」

「それなんやけど……」僕はちょっとだけ迷ってから、思い切って打ち明けた。

「実はもう、あんねん」

「は？」

「完成原稿、ここにあんねん」

　僕は、若い女のガーディアンが未来の僕が書いた原稿を届けに来たことを話した。

「ええー、すごいやないですか⁉　えらい儲《もう》けもんですやん」

「でも、自分が書いてない小説やで？　こんなもんが目の前にあるって、なんか気色悪いやん。こんなもんで印税貰《もろ》てええの？」

「ああ、確かに——自分の身に起きたと想像すると、やっぱり気色悪いですね」

「やろ？　これが駄作《ださく》やったら、ボツにすればええだけなんやけどなあ……」

「面白いんですか？」

「面白い。自分で言うのも何やけど、かなり面白い。だから悔しい。自分がこれを書いてないってことが」

「だったらその原稿、見せてください。それを読んだうえで、今度の短編集に載せるかどうか判断しましょ」

「分かった。そうしてくれる？」

僕は電話を切り、メールに「チャイカ」の原稿を添付《てんぷ》して、SNE宛に送信した。一〇年前、〈妖魔夜行〉をスタートさせた頃に比べれば、ずいぶん楽になったものだ。あの頃はまだパソコン通信さえやっていなくて、いちいち原稿をプリンタで印字し、ファックスしなくてはならなかったのだが。

楽になったと言えば、友野に相談したおかげで、心理的には楽になった。彼が原稿を読んで、「これはぜひ載せましょう」と言ってくれたら（彼なら言うだろうが）、友野に押し切られたという形で、自分に対する言い訳が立つ——自己欺瞞《ぎまん》ではあるが。

何だかんだ言っても、僕は「水色の髪のチャイカ」を闇に葬りたくないのだ。これからもしかしたら本が売れない時代が来るかもしれない。妻と娘を養うためにも、印税は一円でも多く欲しい。

一五分ほどして電話がかかってきた。友野がもう読み終えて感想を言いにかけてきたのか。それにしては早いな——と思ったら違っていた。太田出版の編集の杉並春男さんだ。

杉並さんは先月脱稿《だっこう》したばかりの『トンデモ本の世界R』の担当編集者である。つき合いはまだ浅いが、「信頼できる編集者」だと感じている。信頼できない編集者っているのかと思うかもしれないが、よくいるのだから困ってしまう。トンチンカンな要求をしてきたり、原稿を勝手に書き換えたり、歳下なのに作家にため口で話したり、読者からちょっと抗議があっただけで腰が引けてしまったり……そういう編集者に何人当たってきたか分からない。

その点、杉並さんは僕らの意図を正しく理解してくれたうえで、「こういうのはどうでしょう」と的確な提案をしてくる。何よりも、ビジネスライクに原稿を依頼してくるのではなく、「いい本を作りたい」という意欲が感じられるのが嬉しい。こういう人とは、作家は楽しく仕事できる。タイプはぜんぜん違うが、角川の主藤さんと似たような資質を持っているのではないかと思う。

「柳田本の方ですが、進行状況はいかがでしょうか？」

「ああ、あれね……」

僕は返答に困った。今、柳田理科雄『空想科学読本』という本を批判する本の執筆を予定しているのだ。すでにサンプル原稿は二本ほど上げている。来年春の出版を予定していて、一一月ぐらいには書き上げなくてはならないのだが……。

「すいません。実はぜんぜん進んでないんです。というか、こんな状況でああいう本を書いてる場合なのかって、悩んじゃって」

本の中では、SFアニメやSF映画の中に出てくる架空のサイエンスについて、多くのページを割《さ》いて解説する予定だった。しかし、ロボットにせよタイムトラベルにせよ、げんにガーディアンが来てしまった以上、それはもはや「空想科学」ではない。下手にいいかげんなことを書いたら、ガーディアンに「それは間違いです」と言われるかもしれないのだ。僕もそうだが、柳田氏もこれから本が書きにくくなることだろう。

「それなんですけど、今からガーディアンについての本を書くってことはできませんか？」

「ガーディアンのですか？」

「ええ。いったん柳田本を棚上げにして、そっちを書いていただくということは可能ですか？」

「ああ。でも、そういう本はすでに他の出版社も考えてるんじゃ……？」

世の中には、何かブームが起きると、依頼を受けて大急ぎで原稿をでっち上げるのを得意とするライターが何人もいる。おそらく来月末あたりから、そうした粗製《そせい》濫造《らんぞう》本がどっと出はじめるだろう。

「僕が何か書いても、出版ラッシュの中で埋もれちゃうんじゃないですかねえ」

「だから、他の人には書けないような視点で書いていただきたいんですよ。どうでしょうね？　山本さんはＳＦにお詳しいから、たとえばロボットの出てくるＳＦとか、タイムマシンの出てくるＳＦとかをざっと紹介して、それに対してガーディアンはこうこうなんだ……と解説するという本は？」

杉並さんの着眼点はいい。そういうスタンスで書ける人間は、かなりディープなＳＦマニアでなくてはならないだろう。ＳＦの素養のない人間に書かせたら、ひどいものになるのは目に見えている。

テレビを見ていて分かったのは、そもそも世の中の多くの人は、タイム・パラドックスとかパラレルワールドという概念すら知らないらしいということだった。テレビに出ていたコメンテーターが、「だいたい未来人は何を考えてるんですかね。過去を変えたら自分たちの世界も変わっちゃうじゃないですか」と言っていたのを聞いて、猛烈にツッコミたくなったものだ。

「うーん……まあ、書けないことはないですけどね……」

僕は言葉を濁した。杉並さんはその不自然さに気がつかなかったようだ。

「書けますか？」

「うーん、ちょっと心の準備が……ほら、どういうスタンスで書くかとか、いろいろ考えなくちゃいけないし。ガーディアンについても調べなきゃいけないし……」

「それはそうですね。でも、もし柳田本を棚上げにするとなると、出版スケジュールの変更もありますんで、できるだけ早くお返事をいただけるとありがたいんですが」

「分かりました。もう少しだけ考えさせてもらえます？　ええっと、今週中にお返事するってことでいいですか？」

「今週中ですか？　分かりました。じゃあ、金曜日にもう一度お電話いたしますので」

電話が切れた後、僕は「はー」と長いため息をついた。嘘をつくのは気が重い。そう、僕は杉並さんに嘘をついた。これから原稿を書かなくてはならないかのように言った。

原稿はすでにある。

カイラが持ってきたCD－ROMの中に、水色のラベルが付いた一枚があったのだ。タイトルは『SFが彼らを産んだ』――二〇一九年の僕が送ってきたもので、書き上がったのは二〇一〇年の五月らしい。つまり、二〇〇九年から分岐した歴史上の二〇一〇年、ということだ。

ざっと目を通しただけだが、内容は今まさに杉並さんが口にしたコンセプトと同じものだ。古今東西のロボットSFやタイムトラベルSFが紹介され、ガーディアンと比較されている。ファイルからだけでは出版社名は分からないが、もしかしたらこの世界でも杉並さんが提案した企画かもしれない。

そう言えばカイラは、二〇〇九年から分岐した歴史で、人工知能の出てくる『アイの物語』とかいう僕の本がベストセラーになったと言っていた。つまり作者自身によるベストセラー便乗本ということか。それはさぞ売れただろう――と、僕はパラレルワールドの僕に嫉妬《しっと》を覚えた。

きちんと全部読めなかったのは、読んでいて気持ちが悪くなってきたからだ。熱狂的とまではいかないまでも、ガーディアンへの好意的評価で埋め尽くされている。ガーディアンが戦争をやめさせたことを賞賛し、彼らを否定する者たちの頑《かたく》なな態度を嘲笑《ちょうしょう》している。ガーディアンを送り出した二四世紀の世界こそ、人類の目指すべき理想の未来なのだと論じている……。

これではまるでプロパガンダだ。

僕は警戒した。これは本当に僕が書いた文章なのか。ガーディアンは僕の書いた原稿の中に、自分たちの書いたプロパガンダをまぎれこませたのではないか。僕を騙《だま》して、この時代で出版させる気なのではないか。だとしたら、そんなものを世に出すわけにはいかない。

だが、僕が書いたものではないという証拠もないのだ。確かに文体は僕のものだし、全体として見ると、僕が書いてもおかしくない文章なのだ。ということは、こんな文章を書かせるような心境の変化が、未来の僕にはあったのだろうか。

答えは二〇一九年の僕が書いたメッセージにあるのかもしれない。しかし僕は、未来の僕たちからのメッセージを読む勇気が、まだなかった。怖《こわ》かったからだ。

九月一八日、火曜日――

僕は故郷である京都の山科《やましな》にある病院に、母の見舞いに訪れた。

大正一一年生まれの母は、今年七九歳。五年前に美月《みづき》が生まれた頃はまだ足腰も元気で、出産の報《しら》せを聞いて吹田《すいた》の病院まで初孫の顔を見に来たぐらいだった。だが、ここ数年、急に体力が衰え、入院してリハビリを続けている。リハビリは一進一退といったところ。ある時はバーにつかまって歩けるぐらいに良くなっているが、次に来た時にはベッドから起き上がれないほど弱っている――といったことを繰り返していた。

その日、六人部屋の病室に入ると、母はベッドでうたた寝していた。僕はベッドの横にある椅子に座り、しばらく黙って母の寝顔を見下ろしていた。

歳をとったな――と思う。口をぽかんと半開きにした寝顔。頬《ほお》はこけているし、しわもかなり深くなっている。肌には老人斑《ろうじんはん》がいくつも浮き出ていた。腕もびっくりするほど細く、枯れ枝のようだ。

僕を産んだのは三四歳の時。写真で見ると若い頃はそこそこ美人だったようだが、もの心ついてからの僕は、四〇を過ぎて生活に疲れた母しか知らない。学校の参観日では、他の子供たちの母親がみんなまだ若いので、肩身が狭かった。

幸福な一生ではなかったと思う。結婚した当初、姑《しゅうとめ》（つまり僕の父方の祖母）にさんざんいびられた話は、何十回も聞いた。父は建築設計技師だったが、小さな会社を作ったもののほんの数年で潰してしまい、家族を残して失踪《しっそう》した。我が家の家具にはすべて差し押さえの赤い紙が貼られた。しばらくして父は戻ってきたが、数年後に癌で死んだ。残された母は借金を返しながら家族を養うため、パートで働いた。

その母は、あと三年で死ぬ。

死んだ姑をめぐる愚痴《ぐち》の他に、母は過去のことをあまり話したがらない。せいぜい、戦時中に兵庫県にあった川西航空機（現在の新明和工業株式会社）の工場で働いていて、飛行艇《ひこうてい》を作っていたということぐらい。だから「二式」とか「九七式」とか「PS－1」とか、妙に飛行艇の名前に詳しかったりする。他にも何か聞かされたかもしれないが、あまり印象に残っていない。母自身、最近は記憶が曖昧《あいまい》になってきたようで、昔のことはかなり忘れているようだ。

残った記憶も、母の肉体が死ねばこの世から消え去る。人間はガーディアンのように記憶を残せない。

僕はまたガーディアンに腹が立った。なぜ死期なんか教えるんだ。僕に何をさせようというんだ。残されたわずかな時間、親子の絆《きずな》を確かめ合えとでもいうのか。それが配慮のつもりか。冗談じゃない。僕が最も苦手とするのは母と話すことだ。共通の話題は少ないし、僕には「他人に話を合わせる」という芸当は難しすぎる。どんなことを喋れば母が喜ぶのか分からない。今さら子供時代のエピソードを話題にするのも恥ずかしい。いったい世間のみんなは、入院している肉親の見舞いに来て、何を話すのだろうか……？

母が目を覚ましかけた。僕は軽く肩を揺すり、「来たよ」と呼びかけた。母は眼を開け、弱々しい声で「ああ……」と答えた。白内障《はくないしょう》のために、右の眼は真っ白だ。ベッドの下のハンドルを回し、ベッドを起こしてやる。

「……今日は美月ちゃんはいっしょとちゃうんか？」

「今日は僕だけや。来月ぐらいにまた、三人で顔見せに来るから」

「そうか……美月ちゃん、いくつになった？」

「この前、五歳になった」

「そうかあ。かわいい盛りやなあ」

僕たちはしばらく、美月の幼稚園の運動会がどうの、エレクトーン教室がどうのと、たいして意味のない会話を続けた。姉夫婦も兄夫婦も子供を作らない方針だったので、美月は母にとってただ一人の孫である。だからとてもかわいがっていて、美月が見舞いに来ると涙を流して喜ぶ。僕が母に何か親孝行ができたとしたら、美月を作ったことと、小説家になったことぐらいだろう。

僕の「小説家になりたい」という夢に、母が反対したことはない。それどころか、僕が本を出すたびに、とても喜んでくれた。僕の小説家としての知名度などまだまだ知れたものだが、それでも「息子が小説家」というのは母にとって大きな誇りなのだろう。もっともＳＦやファンタジーになんか興味がない人なので、僕の小説を理解してくれているかは、はなはだ疑問だ。

美月の近況の話題がひと通り終わると、話のネタが尽きた。僕は話題を変えた。

「テレビのカード、まだある？」

この病室のテレビはプリペイドカードを挿入する方式だ。まともに動けない母にとって、テレビは唯一の娯楽なのだ。

「もう一枚しかないわ。新しいの、買《こ》うてきてくれるか？」

僕は病室を出ると、ロビーにある自動販売機で一〇〇〇円のカードを三枚買って戻ってきて、ベッドの横のサイドテーブルの引き出しに入れた。

「お金も少し置いていこか？　欲しいもんがあったら、看護婦さんに買うてきてもらえばええやろ」

そう言って、引き出しの中にあった母の財布に紙幣を入れようとすると、母は
「そこはあかん」と注意した。

「もっと奥の、見えにくいところに隠しといて」

「何で？」

「純が盗《と》っていきよるねん」

「兄貴が？」

「この前、あんたが来た時に、一万円くれたやろ？　あれも純が帰ったらなくなってたんや。私が眠ってる間に、そうっと抜いていきよったんやわ」

「ええ？　兄貴、そんなことしてるの？」

僕はあきれた。病人の、それも実の親の金をちょろまかすなんて、いくら兄でもちょっとひどい。

しかし、僕は兄に強く文句を言えない立場だった。兄が長男だというのをいいことに、年老いた母の世話をまかせっぱなしにしてきた負い目がある。いちおう母の入院費用や家計の足しの意味で、毎月二万円を実家の兄に送金してはいるが、金で

実の母の世話を押しつけているようで、後ろめたい。

だいたい、兄に強く出たら、「だったらお前がおふくろの面倒見ろ。お前の方が収入多いんやから」と返されるに決まっている。僕だって三人家族のささやかな幸福を乱されたくない。子育てのために老人介護の仕事を辞めた妻に、今さら「寝たきり老人を世話してくれ」とは言い出せない。だから金で問題を解決する。老人ホーム代わりに、母を病院に預けておくのだ。

そうとも、自覚している。僕はエゴイストだ。母が僕を愛しているほどには、僕は母を愛していない。僕にとって大切なのは妻と娘だ。だから何としてでも僕たちの家の平和を守りたい……。

そんな僕自身を、僕は軽蔑《けいべつ》している。母との会話がはずまない理由のひとつはそれだ。母といっしょにいると、どうしても自責の念にかられてしまうのだ。

それでも表面上、「母親思いの息子」を演じなくてはならない。

「ちょっと散歩に行こうか」

看護婦さんの手を借りて、母を車椅子に移動させた。車椅子を押して病室から出て、エレベーターで一階に降りる。中庭の見えるガラス張りのラウンジがあった。病院は儲かっているのだろうか、庭にはたくさんの鯉《こい》を飼っている池がある。

「だいぶ数が減ったやろ？　今年の夏、暑い日にポンプが壊れて、ずいぶん死んだらしいねん」

母の喋り方はしっかりしていて、死期が近づいているようには思えなかった。

「ふーん？　でも、まだたくさんいるやん」

僕は鯉の池を見下ろしながら、また美月を連れて来ようと思った。美月はここの鯉を見るのが好きだし、母の車椅子を押すのも好きなのだった。薄情《はくじょう》な僕に比べて、何と優しくていい子だろうか……。

「なんや、あんたの書いてるＳＦみたいなことが起きてるみたいやなあ」

「ああ、ガーディアン？」

「看護婦さんらもみんな話してるわ。未来から来た人らやったら、病気を治す方法もいっぱい知ってるんちゃうかって」

「うん、知ってるみたいやな」

ガーディアンは、癌やＡＩＤＳやアルツハイマー症の治療法を知っていると表明していた。要求されれば、それを教えるのにやぶさかでないという。しかし、それが一般に普及するのには時間がかかる。医療制度の壁があるのだ。新薬にせよ新しい治療法にせよ、臨床試験をやって安全性が保証されるまでは認可されないし、その手続きには何年もかかるのが普通だ。

早くも世界各地で、難病に苦しむ人々が、未来の治療を受けるためにガーディアンの元に殺到しはじめていた。無論、認可を受けていない治療法など違法である。しかし、「確実な治療法があると分かっているのに、患者をそれから遠ざけるのは非人道的ではないか」とか、「そもそも人間ではないガーディアンを人間の法で裁けるのか」という声があって、警察も役所も手を出しかね、黙認しているのが現状だ。

若いうちにある種の処置を受ければ、老化を遅らせることも可能だという。二四世紀の人間はみんな、六〇代になっても二〇代の若さを保っているのだそうだ。あいにく、その処置は年老いてからでは意味がない。老化とはゆるやかな肉体の損傷であり、そのプロセスは止めることも逆転させることもできないからだ。

「この前、あの人ら、この病院に来はったんよ」

「ガーディアンが?」

「そう。テレビで見たのと同じ、きれいな人らばっかりやったわ」

そう言えば、いくつかの大学病院で、ガーディアンを招いて医療上の助言を受けていると聞いたことがある。ガーディアンに患者を触らせるのは問題があるが、未来の医学の話を聞いて参考にするぐらいならいいだろう、というわけだ。そういう病院はこれから増えてゆくだろう。

　この病院にも、何か医療上の助言をするために来たのだろうか。

「真夜中に病室に入って来はってな」

「真夜中に？」

「みんなを起こして、車椅子に乗せて、外に連れて行ってくれはったんよ。そうしたら病院の外に、あの大きな黒い飛行機が着陸しててな。それに乗せてもろて、広島にいる昔の友達の家に連れていってもろたんよ」

「…………」

「久しぶりに会えて、ほんまに懐かしかったわあ。その人の旦那《だんな》さんが新明和の偉い人でな。帰りは大きな飛行艇――ＰＳ－１に乗せてもろて、琵琶湖まで送ってくれはったんよ」

「……そうか。それは良かったなあ」

　僕は息が詰まりそうだった。

　この病院の前に、ＧＴＦが着陸できるスペースなんかない。自衛隊の対潜哨戒《たいせんしょうかい》機《き》が真夜中に民間人の送迎をするはずもない。それにＰＳ－１は一〇年以上前に退《たい》役《えき》しているはずだ。母の広島の友達というのも、確かもう死んでるんじゃなかったか……？

僕はようやく思い出した。「金を盗まれた」と訴えるのは、老人性痴呆症《ちほうしょう》の典型的な症状だということを。

兄は無実だ。すべては母の……。

「……良かったなあ」

僕はうわべだけの笑顔で、そう言うことしかできなかった。

病院からの帰り、僕は歩きながら空を見上げ、悔しさに歯ぎしりした。

父と同じだ。

父は肺の癌が脳に転移して死んだ。死ぬ数か月前、ずいぶん前に死んだ親戚が「見舞いに来た」と言っていた。死の何日か前には、脳が完全に冒《おか》され、もう僕の顔さえ分からなくなっていた。

だから僕は死後の世界を信じない。人間の思考とか意識とか記憶とかいうものは、脳が傷つけば簡単に壊れてしまう、はかないものなのだ。僕はそれを見せつけられた。脳を失っても魂とかいうものが存続し、意識や記憶が次の世界に受け継がれるだなんて、信じろという方が無理だ。

魂はセーブできない。人は死ねばそれっきりだ。

「ちくしょう……」

僕はつぶやいた。空しくて、悔しくて、腹立たしくて、思わず誰かを殴《なぐ》りたくなった。

なぜ人間は死ななければならない？

ガーディアンが来なければ、こんなに苦しくはなかった。人間はみな老いて死んでゆくのが当たり前だと諦観《ていかん》できた。それはどうしようもない定めなのだと。

だが、ガーディアンが現われたことで、僕はそれが「当たり前」ではないことを知った。ガーディアンは老いることがなく、病気にも罹《かか》らず、事故や戦闘で死ぬこともめったにない。体は壊れても取り替えられる――何という不公平な。

きっと彼らにとっての「死」の概念は、僕らのそれとはまったく異なるに違いない。「親」という概念も、辞書でしか知らない。親を失う子供の心を、決して体験できないのだろう。

この息が詰まるような悲しみも、理解できないのだろう。

隠された情報

小説家という肩書きはあるものの、この頃の僕は小説以外の仕事が多かった。二年前まで角川書店の雑誌『ザ・スニーカー』に連載していた「平成トンデモ研究所」を、洋泉社《ようせんしゃ》で単行本化してもらえることになり、そのための書き直し作業を進めていた。エンターブレインの『TRPGスーパーセッション大饗宴《だいきょうえん》』の原稿も仕上げなくてはならなかった。その合間に『映画秘宝』や『ｍｏｎｏマガジン』の連載コラムも書いていた。

意外なことに、ガーディアン到来による影響を蒙《こうむ》ったのは、書きかけの長編『神のメッセージ』ぐらいのもので、小説以外の原稿への影響はあまりないようだった。唯一、『ｍｏｎｏマガジン』の編集部から、連載「ＳＦ者の本棚」の書き直しを要求されたぐらいだ。毎回、僕の好きなSF小説のストーリーを紹介するというもので、今月はジョン・E・スティスの『マンハッタン強奪』について書いた。巨大宇宙船で飛来した異星人がマンハッタン島をまるごと宇宙に奪い去るという話だ。原稿を送ったのは九月一〇日だったのだが、巨大宇宙船が〈ソムニウム〉を連想させるので、ガーディアンへの悪意と受け取られるのではないかと、編集部が懸念したのだ。やむなく、末尾に「この原稿は九月一一日以前に書きました」という一文を入れることになった。

僕は思案した。来月はジュール・ヴェルヌの『月世界旅行』を取り上げるつもりだったのだが、予定を変更して歴史改変SFを取り上げるべきだろうか。スターリング&シャイナーの「ミラーグラスのモーツァルト」あたりを——いや、あれも悪意と受け取られかねないな。ガーディアンは気にしなくても、編集部が過敏になるかもしれない。

似たような自粛《じしゅく》の動きは、日本のあちこちであったようだ。あるUHF局は『ターミネーター』の放映を取りやめ、別の映画に差し替えたという。テレビの報道番組も、どことなく腰が引けているというか、正面からガーディアンを批判するものが少ないように思えた。毒舌で有名な評論家ですら、いつもより舌鋒《ぜっぽう》が鈍っているように見える。おそらく、みんな内心はびくびくしているのだろう。もしガーディアンが仮面を脱ぎ捨て、冷酷な支配者に転じたら、批判的な発言をした者はみんな粛清《しゆくせい》される——と警戒しているのかもしれない。

ネットの発言では、そんな遠慮はないようだった。僕が出入りしているパソコン通信ニフティ・サーブの会議室でも、ガーディアンをネタにした不謹慎なジョークや、ガーディアンへの批判が飛び交っていた。その行動の違法性や倫理面の問題を理性的に論じる者もいれば、自衛隊が攻撃を受けたことを憤《いきどお》って報復を唱える者、「これから世界が大混乱に陥《おちい》る。人類とロボットの戦争になる」とむやみに騒ぎたてる者、「ロボットなんて気味が悪い」という感情論でおびえている者、タイムトラベルの原理についてデタラメな自説を吹聴《ふいちよう》する者、「連中の究極の目的は人類の奴隷化だ」と被害妄想的な陰謀論を唱えている者など、反応は様々だった。当然、それに対する批判も起き、あちこちで激論が展開されていた。

発言者の中に「葛西伸哉《かさいしんや》」という名を発見した。十数年前、『ファンロード』という雑誌の読者投稿コーナーの常連だった仲だ。今は僕と同じく作家としてデビューしている。

危機感を抱いてエキサイトしている連中に対し、彼は「なるべく世界中の人間が冷静に対処してほしい」と訴えていた。二〇〇一年の日本が世界水準で見ればきわめて平和で安全な国だと説き、「戦争を避け、大規模災害を防ぎ、技術を進歩させ人々の生活・生存に役立てる」というガーディアンの行動は、「戦後日本がひとつの理想とし、ある程度実現させていたことを急速に目に見える形にしただけともみなせるでしょう」と擁護《ようご》する。「今、戦争や飢餓に襲われている国に比べれば、日本では大規模な社会の変化はないのではないでしょうか。もちろん長期的影響を考えれば楽観視はできませんが、当座の感情的反発は慎《つつし》むべきだと思います」と。

もっとも、葛西さんはガーディアンの理念に一〇〇パーセント共感しているわけではない。彼らが過去に干渉し、たくさんのパラレルワールドを作っていることを疑問視していた。ガーディアンによって歴史が改変され、時間が分岐しても、本来の歴史は決して変化しない。仮に一〇〇〇人の人が死ぬ災害を阻止し、一人しか死なずに済んだパラレルワールドが生まれたとしよう。しかし、これによって犠牲者は減ったわけではない。二つの世界を合わせると、犠牲者は一〇〇〇人から一〇〇一人に増えているではないか……というのだ。

僕は感心した。これはなかなか鋭い指摘だ。今度、カイラに会ったら、直接ぶつけてみよう。

ニフティはまだましな方だった。発言者がマナーというものを心得ている。だが巨大掲示板2ちゃんねるを覗《のぞ》くと、支離滅裂《しりめつれつ》な主張で埋め尽くされていて、うんざりとなった。たとえば、いまだにガーディアンが未来から来たロボットだということを信じない者がいた。〈ソムニウム〉なんか実在しない。あれは「ホログラム光線」を使って宇宙空間に投影されている幻だ。地震の予言が当たるのは、連中が「地震兵器」を使って地震を起こしているからだ……というのだ。いちいち反論するのもアホらしい。

北朝鮮の解体と拉致《らち》被害者の帰還は、おおむね好意的に受け止められてはいたが、それでも中には激しい嫌悪を示す者がいた。あるスレッドには、「どんな悪しき体制も、正しい言論と民主的な手続きに従って平和的に改革されるべきであって、暴力による改革など容認できない」という発言があった。たちまち「言論の自由も民主的な手続きも存在しない国の場合はどうするんだ」と集中砲火を浴びた。

ガーディアン支持派の主張も、筋が通ったものばかりではなかった。ガーディアンを「世界の救世主」として熱狂的に賛美する者が何人もいた。彼らは批判的な発言に激しく噛《か》みつき、いくつもの掲示板で騒ぎを起こしていた。その様はまるでカルト信者のようだった。

もっとも、掲示板での匿名《とくめい》の発言がすべて非論理的というわけではない。「もっともだ」と思える意見も多かった。僕が考えさせられたのは、「シ」というハンドルネームの人物のこんな発言だった。

〈二四世紀人の意図は何だろうか。彼らから見れば太古の昔である現代を操作することに、彼らにとって何のメリットがあるのだろうか。何の利益もないのに、多大な金と労力をつぎこんで、こんなうさんくさい慈善事業をするだろうか。

彼らは本当に善意の集団なのか。人類の歴史は、例外なく強欲で他者を蹴落とすような集団が支配してきた。未来の地球が統一されているなら、そういう連中が牛耳《ぎゅうじ》っていると考えるべきだろう。だとすると、彼らはその未来においては覇者になっているわけだから、下手《へた》に歴史をいじったら、自分たちの覇権が危ないではないか。

この矛盾を説明する仮説はいくつも考えられる。

1：タイムトラベルは人間には耐えられないというのは嘘。ガーディアンの背後には人間がいる。未来の帝国主義から追われた勢力が、歴史を改変し、自分たちの安住の時空間を作るためにやって来たのだ。

2：未来では人類は滅びていて、ロボットしかいない。滅びる直前の人類が、過去のあやまちを正そうと、タイムマシンの建造を命じたのだ。
3：ガーディアンを操っているのは異星人である。自分たち以外の種族には宇宙に進出してほしくないので、人類をふぬけにすべく、平和の使者を送りこんできたのだ。
無論、こうした仮説はどれも根拠がない。しかし、ガーディアンの説明もやはり根拠がない。彼らが語る未来の歴史は本当なのか。彼らが重大な事実を隠蔽《いんぺい》しているとしても、我々にはそれを見抜くすべはないのだ〉

僕はこうした陰謀論には与《くみ》しない。おおむねではカイラの話を信じている。だが、彼らがすべてを正直に語っていないのではないかとも思っている。彼らの目的が人間を守ることなら、その原則からして、人間に害を及ぼすような情報は隠していると考えるべきだろう。げんに個人の死期や株価に関する情報は検閲《けんえつ》しているのだから。

そうした秘密の情報があったとして、どうやって探り出せばいいのか——いや、そもそも探り出すべきなのだろうか。

カイラから渡された十数枚のCD－ROM。その中に記録されている未来の僕からのメッセージに、ようやく目を通す気になったのは、九月も下旬になってからだった。

ずるずると引き延ばし続けたのは、前にも書いたように、知るのが怖かったからだ。カイラから聞かされた未来――母の死、妻の死、僕の死などなど――だけでも、十分に衝撃的だった。未来の僕は、他にどんな恐ろしいことを僕に告げるのか。まったく想像がつかないだけに、不安でたまらない。

しかし、いつまでも逃げているわけにはいかない。中には、近い将来に迫っている危機を警告するメッセージもあるかもしれないではないか。それを見過ごしたら後悔することになる。

最初の出会いから八日後の九月二〇日木曜日、カードホン（あのカードはそう呼ばれるようになっていた）を通してカイラから、「来週の月曜あたりにお会いできませんか？」という連絡があった。その時、メッセージの感想を聞かれたので、僕はまだ一部の原稿を除いては目を通していないことを詫《わ》び、「今度お会いする時までにできるだけ読んでおきます」と約束した。カイラにというより、自分自身の背中を押すための言葉だった。

それでもやはり一人で見る勇気がなかった。真奈美《まなみ》に打ち明けると、「それやったら私もいっしょに見たげよか」と言ってくれたので、二人で見ることにした。金曜日の朝、美月《みづき》を幼稚園に送り出した後、僕たちは自宅の一階の居間にあるノートパソコンの前に正座し、どきどきしながら〈メッセージ集〉と書かれたＣＤをドライブに挿入した。

「初めてテレビに出た時みたいやね」

モーター音とともにＣＤが読みこまれるのを待つ間、真奈美が言った。彼女も僕ほどではないが緊張しているようだった。

六年前のオウム事件の時、ＴＢＳの報道番組の取材を受けたのが、僕のテレビ出演初体験だ。スタッフが我が家にやって来て、二時間半も取材して、うち一時間近くもカメラを回した。放映日には今日と同じく、妻と二人でテレビの前に座り、僕が画面に現われるのを待ったものだ。ところがなかなか僕の出演場面にならないもので、番組が進むにつれて妻の緊張が高まった。ついには「いややー！　テレビであんたの顔見るのいややー！」とわめきだし、リモコンを手に取ってテレビを消そうとする。僕はリモコンを奪い返そうとして妻に抱きつき、二人してテレビの前でプロレスを展開することになった。

かんじんの番組はというと、僕が画面に映ったのはほんの三〇秒ほどで、「たったこれだけ？」と唖然《あぜん》となったものだ。僕がカメラの前で喋《しゃべ》ったことの九九パーセントはカットされたのだ。そればかりか、調子に乗ってつい乱暴な口調を使ってしまった場面が選ばれて放映された。それ以来、僕はテレビというものをあまり信用しない。ＶＴＲ取材で学者や関係者が何か短いコメントを述べるのを見るたびに、「ああ、この人の言ったことも九九パーセントはカットされてるんだろうな」と思ってしまう。

閑話《かんわ》休題。

ＣＤが読みこまれ、いくつかのファイルのタイトルが画面に表示された。うち動画ファイルは二つ。二〇一九年から分岐した二〇二九年の僕と、二〇〇二年から分岐した二〇一二年の僕だ。

二〇二九年の僕と言えば、自分の全作品を過去の自分に送ることを望んだ奴だ。何を考えてそんなことをしたのか知りたかった。僕はそのファイルをクリックした。

（以下、ややこしくなるので、二〇一九年から分岐した僕を「僕19」、二〇〇二年から分岐した僕を「僕02」と表記して区別することにする。当然、これを書いている僕は「僕01」だ。未来からの干渉を受けていないオリジナルの僕は、「僕0」とする)

動画がスタートすると、画面に僕19が現われた。僕と妻は同時に声を上げた。

「えーっ、眼鏡《めがね》!?」

「うわーっ、頭薄なってるやん!?」

そう、七三歳の僕19は、頭が真っ白で顔がしわだらけになっているだけでなく、老眼鏡《ろうがんきょう》をかけており、頭頂部がすっかり薄くなって、ピンクの地肌が透《す》けて見えていたのだ。確かに僕が歳をとったらこうなるだろうと思ったが、それにしてもずいぶん今の僕と印象が違う。

眼鏡はさほどショックではなかった。最近、小さい字が読みにくくなってきていて、そろそろ眼鏡が必要かと考えていたところだったからだ。しかし、頭髪は……。

「嘘やろーっ!? 山本家は禿《は》げる家系とちゃうはずやぞ!」

僕は画面に向かって抗議した。親戚に禿げている人はいない。だから僕も禿げないはず、と思いこんでいたのだ。

もちろん画面の中の僕19には、僕の声など届かない。最初の一五秒ほどは沈黙していた。体をカメラに対して四五度ほどひねり、やや前かがみになった奇妙なポーズで、犯罪者を追及するかのように、上目遣《うわめづか》いでこちらをにらみつけている。何か異様な雰囲気だ。やがて、もったいぶった口調で喋りだした。

「……このメッセージを君が見ているということは、私の考えがうまくいったことを証明している」

しゃがれた声だった。僕はまた驚いた。なぜ標準語？　なぜ一人称が「私」？

「奴らはメッセージを検閲している。株価がどうこうという言い訳を君も聞かされたと思うが、そんなのは信じるな。連中は情報を操作してる。自分たちに都合の悪い情報が過去に伝わらないよう、カットしたり編集したりしているんだ」

僕は居住まいを正した。こいつ、何か大変なことを言いだしてるぞ……。

「どうやって検閲をくぐり抜けて過去にメッセージを送るか？　考えた末に、名案を思いついた。文章の検閲は簡単だ。禁止語をいくつか設定して、それを検索すればいいんだから。だが、動画はどうだろうか。世界中の人間が過去に送ろうとしている何百万本もの動画をすべてチェックするのは、連中にとっても大変なことだろう。無視してかまわない動画は、最初から調べようとしないだろう。無視していい動画とは、無意味な動画、たわごとしか記録されていないことが明白な動画だ。

そこで私は考えた。私がたわごとしか言わない人間であるかのように、連中に思いこませようと。簡単に言えば、統合失調症であるふりをした。連中がやって来て以来ずっと、精神が病《や》んでいるかのように見える奇矯《ききょう》な言動を繰り返して、統合失調症であるかのように見せかけた……」

老いた僕19は言葉を切り、悲しげな顔をした。

「……つらい日々だった。妻や娘には心配をかけた。しかし、やらなければならなかったんだ。ガーディアンの陰謀を暴《あば》くためには、耐えなくてはならなかった。こうしてメッセージが検閲されることなく、無事に二〇〇一年の君に届いているなら、その苦労は報われたことになる。

よく聞け。連中は『9・11テロを我々が阻止した』と主張していると思う。そんな話は信じるな。そもそも9・11テロはアルカーイダが起こしたというのは嘘だ。あのテロは連中の——人類の家畜化を企《たくら》むガーディアンのしわざだ！」

何だって⁉

「連中は〈ソムニウム〉よりも先に別のタイムマシンを送りこんでいた。歴史上のいくつかの事件は、連中の仕掛けたものだ。大事件を起こして人心を不安にすることで、人類を支配しやすくする計画なんだ。信じられないなら、その証拠を見せよう。これを見れば君も納得できるはずだ」

僕19はスケッチブックをカメラにかざした。下手くそな字で〈GUARDIAN〉という文字が縦書きされている。

「この八文字に陰謀の証拠が隠されている」

その瞬間、僕は嫌な予感がした。

「ここには四個の母音が含まれている。Uが一個、Iが一個、それにAが二個……」

僕19は〈GUARDIAN〉の横にサインペンで〈UIAA〉と書いた。

「さて、Uはアルファベットの何番目の文字か？　ABCDEFG……」と、指折り数えて、「……STU。二一番目だ」

Uの横に〈21〉と書く。

「IはABCDEFGHIで九番目。それにAはもちろん一番目……」

僕19は〈21　9　1　1〉という数字を書き上げ、「どうだ!?」と得意げに掲げてみせた。

「21、つまり二一世紀の最初の年である二〇〇一年の九月一一日に攻撃が行なわれることが、ちゃんと予言されている！　これこそ9・11テロが連中のしわざである動かぬ証拠じゃないか！　彼らはこの予言通りに事件を起こしてみせたんだ！

それだけじゃない。『2001年宇宙の旅』も、連中がスタンリー・キューブリックに作らせた映画だった。あの映画に出てくるコンピュータ、HAL《ハル》9000という名前は、IBMを一字ずつずらせたものだった。中央にあるAは1であり、これは一字ずつずらせという暗示だった。GUARDIANにはAが二つあるから、二字ずつ前後にずらしてみる。すると――」

ぽかんとなっている僕にはおかまいなしに、僕19はスケッチブックのページをめくった。そこには七文字のアルファベットが三列書かれている。

ESYPBGYL
GUARDIAN
IWCTFKCP

彼はその中の〈NY〉〈WCT〉〈UA〉を細長い楕円でくくり、〈S〉に丸をつけた。

「NY、WTC……ニューヨークのワールドトレードセンターだ！　攻撃を受ける場所が暗示されている！　しかもS、つまり南棟に突入するのはUA、ユナイテッド航空の旅客機であることまで予言されている！」

僕19はさらに、〈SYP〉〈FRY〉〈FKC〉を楕円で、〈D〉を丸で、その下の〈CIA〉を三角で囲んだ。

「このDはデリバリーの略だ。この計画には、ケンタッキー・フライドチキンの配達に化けたCIAのスパイも関与している」

もう勝手にしてくれ。

さらに僕19は解説を続けた。スタンリー・キューブリックはガーディアンの手先であり、人工知能の概念を大衆に根づかせるために『2001年宇宙の旅』や『シャイニング』や『フルメタル・ジャケット』といった映画を撮り、晩年は『A.I.』という映画を企画した（『2001年』や『A.I.』はともかく、『シャイニング』や『フルメタル・ジャケット』が人工知能と何の関係があるのか、僕には分からない）。もちろん、『A.I.』を監督したスティーヴン・スピルバーグも、その陰謀に加担しているのだ。

なぜ僕19がこうした真相を見破ったかというと、ガーディアンが出現した二〇一九年頃から、自分が実は超能力者であったことに気づいたのだという。自分には時空を超えた透視能力があり、これまで無意識のうちにガーディアンの陰謀を察知して、小説の形で発表していたのだ。その証拠に、過去に書いてきた小説の中には、ロボットや人工知能が登場するものがたくさんあったではないか。そのうえ、文中にはガーディアンや歴史上の事件と関係のある単語や数字がたくさん、暗号の形で隠されている。その「ヤマモト・コード」を解読すれば、君にも彼らの陰謀の全貌が理解できるはずだ……。

動画はまだ続いていたが、僕は耐えられなくなって停止ボタンを押した。頭を抱えてうずくまる。

「トンデモさんや……」

僕はこれまで、トンデモさん――とんでもない説を唱える人たちを、何十人も本の中で紹介してきた。ノストラダムスの予言詩に隠された「暗号」を解読し、日本語の単語を見つけてしまう人。アメリカの「テキサス」とか「オハイオ」といった地名はみんな日本語だと主張する人。植物さんとお話をする人。競馬の着順はすべて事前に決まっており、中央競馬会の広告の中に勝ち馬の名前が暗号で隠されていると信じる人。紙幣の模様にはサブリミナル・メッセージが隠されていると説く人……。

だが、年老いた僕が、彼らと同じような人間になってしまうとは。

「ごめん、ギブアップや。これ以上、見られへん……」

「続き、どうすんの？」と妻。

「君、代わりに見といてくれる？　僕、ちょっと精神的に耐えられへん」

「分かった」

僕は妻にパソコンの操作を教えると、ふらふらと階段を上がった。精神的に打ちのめされていた。寝室のベッドにだらしなく倒れこむ。

天井を見上げて考えこむ。とりあえず、二〇二九年の僕19が小説を送ってきた謎は解けた。過去の自分たちに、自分の作品に隠された暗号を解読しろと要求しているのだ。

そうとも、カイラは言っていたではないか。僕0が統合失調症を発症したのは六一歳の時、つまり二〇一七年頃だと。僕19はその記憶を改竄《かいざん》している。ガーディアンの陰謀という妄想を信じこんだうえ、自分は二〇一九年頃から統合失調症のふりをし続けているという偽りの記憶を創っているのだ。

僕は先日見舞いに行った母のことを思い出した。人間はみんなああなのか。脳というハードウェアにちょっと不具合が発生しただけで、とてつもない妄想を抱くようになってしまうのか。今ここにいる自分とはまったく別の人間になってしまうのか。

恐ろしい。

死ぬのはさほど怖くない。まったく恐れないわけではないが、脳が機能を停止して何も考えられなくなれば、恐怖や不安さえ消えてしまうのだから、それなりにあきらめがつく。しかし、脳が壊れているのに活動を続け、自分が生きたまま別の人間に変わってしまうのは、恐ろしくてたまらない。僕と同じ顔をしているのに、内面がまったく異なる自分——インベーダーに捕らえられて洗脳されるような不気味さを覚える。

僕とトンデモさんの間は、距離にしてほんの数センチしか離れていない。SFの登場人物が次元の裂け目を知らずに通り抜けてパラレルワールドに迷いこんでしまうように、ちょっとしたことで向こうの世界に入りこんでしまうのだ……。

参った。これからはトンデモさんを笑い飛ばす本など書けそうにない。

二〇分ほどして、真奈美が上がってきた。

「見たよ、二本とも。文書ファイルの方は読んでへんけど」

「……どうやった?」

「どっち？　二〇二九年の方？　二〇一二年の方？」

「両方」

「二〇二九年の方はなあ……あれからもずっとわけ分からんこと言い続けてたから、途中で飛ばしてしもたわ。悪いけど、話についていけへんねん」

まあ、当然だろう。

「……ごめんな」

「何謝ってんの？」

「だって……」僕はじわりと涙が湧き出してくるのを覚えた。「たぶん、あっちの世界の僕は、君や美月にすごい迷惑かけてるはずやから……」

「それはここにいるあんたとちゃうやんか」

「それはそうやけど……」

そう、僕0や僕19は、ここにいる僕01とは別の人間だ――それは理屈では分かっているが、感情的には割り切れるものではない。別の僕が妻や娘を苦しめただろうと想像すると、この僕の胸が苦しくなる。

僕が沈んでいるのを見かねたのだろう。真奈美は笑いながら、僕の腹の上に勢いよくまたがってきた。

「ほりゃ！」

「げふっ！」

僕は腹を圧迫されてうめいた。彼女はかまわず、笑いながら何度もバウンドする。

「何？　そんなことでしょげてんの？」

「だって……」

「ええよ、あんなの気にせんでも。私、ああいうお年寄りって慣れてるから」

僕の腹の上で、あっけらかんと言う真奈美。そう言えば彼女は前に老人保健施設で働いていたのだった。

だが、その笑顔が何となく無理をしているように感じられるのは、気のせいか。

「それに、ガーディアンが未来の医学をいろいろ教えてくれたら、痴呆症《ちほうしょう》とか精神病とかも予防できるようになるんとちゃうの？」

「うん……」

おそらく、僕17より以前の僕――僕16から僕02までの僕は、ガーディアンの進歩した医学の恩恵《おんけい》で、発症せずに済んだか、軽度のうちに治療を受けて回復したのではないかと思う。僕19はすでに妄想が進行していて、ガーディアンによる治療を拒否したのかもしれない。

「それやったら心配することあらへんやん。あんたはあんな人にはならへんよ」

それも分かっている。僕の生きている時間の枝は、僕19の世界とつながってなどいないということは。しかし、僕0や僕19の世界が虚構ではなく、パラレルワールドとして実在していることも間違いないのだ。僕の生きているこの世界とは違っていても、それはやはり現実であり、そこに生きている人々の悩みや苦しみや痛みもまた、まぎれもない現実ではないか。僕はそれを無視できない。

僕は葛西さんの主張を思い出し、ガーディアンや二四世紀の人々の意図に疑問を抱いた。歴史を改変して戦争や災害を阻止するといっても、歴史から悲劇が消えてなくなるわけではない。本来の歴史——僕0の生きている世界も、僕らの世界と平行して存在を続けているはずだ。そこではガーディアンの来訪は起こらず、九月一一日にニューヨークのツインタワーが倒壊して数千人が死に、それをきっかけに、今まさに戦争への道を突き進みはじめている……。

だったら歴史改変に何の意味がある？　彼らはただ、むやみに歴史の枝を作っているだけではないのか？　何の問題解決にもなっていないのでは？

「あと、二〇一二年の方は……？」

「ああ、あっちなあ……」妻は少し言いよどんでから、思い切って口にした。「あんた、酒飲んでたで」

「酒!?　僕が!?」

「うん」

「でも、そんなん……ありえへんやん!」

僕は酒が飲めない。アルコールに弱く、ビールをコップ一杯飲んだだけで顔が真っ赤になり、三杯も飲めば気分が悪くなるのだ。

「私も我が目を疑《うたご》うたわ。べろべろに酔っ払っててな。なんか、うさ晴らしに、飲めへんお酒を無理に飲んでるみたいやった」

「信じられん……ありえへんやろ、いくらなんでも……」

とてもありそうにないこと――だが、それだけに信憑性《しんぴょうせい》がある。僕が酒を飲まないことぐらい、カイラはすでに知っているはずだ。ガーディアンが僕を騙《だま》すためにCGで映像を捏造《ねつぞう》したのなら、もっとリアリティのある映像にするだろう。つまり捏造ではないということになる。信じられないような話だからこそ信じられるのだ。

「でも、何でそんなことに?」

「私らな、離婚してるんやて」

「はあ⁉」

「二〇〇七年に離婚してな、私は美月連れて実家に帰ってるんやて」真奈美は平静を装っているが、やはり少し動揺しているようだった。「この家も売ってしもて、あんた、仕事場で寝泊まりしてるて言うてた」

僕は呆然《ぼうぜん》となった。「いや、でも……何で？　原因は？」

「本が売れんようになって、お金がなくなって、借金が増えたんやて。それで私や美月に当たり散らすようになって……」

「そうか……」

「あんた、泣いてたわ。『何でこんなことになってしもたんや』『あいつらなんか来《こ》ん方が良かった』って……」

「ああ……」

僕は何も言えなくなった。本が売れないというのは深刻な事態だ。げんに今書いている『神のメッセージ』は、もうボツにするしかないと覚悟していた。つまり執筆にかけた時間はすべて無駄になったということだ。かといって、すぐに別の本が書けるはずもない。

CDに入っていたファイルの更新日時を確認してみたのだが、『神のメッセージ』の最終章が書き上がったのは二〇〇三年の二月らしい。前にカイラが話してくれたところによると、本来の歴史ではその年の一〇月に『神は沈黙せず』という題で出版されたという。僕03の世界では、二〇〇三年三月一八日にガーディアンが出現したことで歴史は変わったものの、すでに入稿した原稿を無にするのは惜しいというので、どうにか出版にこぎつけられたらしい。

ということは、最も大きなダメージを蒙《こうむ》ったのは、二〇〇二年の僕02だ。彼の世界でガーディアンが現われたのは、二〇〇二年一〇月一二日。大作の完成まであと数章というところで、放棄を余儀なくされたことになる。さぞショックだったに違いない。

僕は僕02の心理を想像した。きっとガーディアンを恨んだだろう。カイラにも強く当たったのではないか。そのショックがスランプの原因になったとも考えられる。

ガーディアンは確かに多くの人を不幸から救っている。しかし、全員が幸せにはなれない。彼らも全能ではない以上、救うのに失敗する場合もあるし、予想不可能な変化によって、本来の歴史より不幸になってしまう者も大勢いる。

メッセージをよこさなかった僕04や僕10や僕15はどうなっているだろう。過去への警告を何も送ってこないということは、彼らは改変された歴史に満足しているのだろうか。それとも……。

「なあ」

妻は僕にまたがったままかがみこみ、顔を近づけてきた。

「今、我が家の貯金、どうなってんの?」

「正直言うと、ジリ貧」

「やっぱり……」

「本が思うように売れてくれへんからなあ。自分ではええ本やという自信はあるし、読んだ人は褒《ほ》めてくれるけど、それでも売れへんねん。正月に徳間から出た『フェブラリー』の改稿版にしても、やっぱり初版でストップしてるし……」

「〈トンデモ本〉シリーズは?」

「前ほどは売れへんよ。最初の『トンデモ本の世界』が売れたんは、オウム事件のおかげやから」

九五年のオウム事件の直後、それまであまり陽《ひ》の当たらなかったオカルトや疑似《ぎじ》科学などのサブカルチャーに関心が集まり、そのガイド本として『トンデモ本の世界』が人気を集めたのだ。べつに事件に便乗したわけでなく、すでに書き上がっていた本の出版予定日の一か月前に、たまたま地下鉄サリン事件が起きたというだけなのだが。

「それやったら今度も、ガーディアンに便乗した本、出したらええやん」

「気楽に言うなあ」

「気楽とちゃうよ。私らの生活かかってんねんで？　分かってるか、おっさん」

真奈美は最近ちょくちょく僕を「おっさん」と呼ぶ。

「分かってるよ。そやから悩んでるんやないか」

すでに「水色の髪のチャイカ」については、思った通り友野が「載せましょう」と言ってくれて、次の〈百鬼夜翔《ひゃっきやしょう》〉の短編集に載せることは決定している。問題は太田出版から依頼のあったガーディアン本の方だ。今日中に杉並さんに返事をしなくてはならないのだが、僕09が書いた『ＳＦが彼らを産んだ』の原稿を使うべきかどうか、まだ悩んでいた。

「いくら山本弘の書いた本でもなあ。僕が書いたんやない原稿を世に出すって、泥棒みたいで後ろめたいやん。作家としてのプライドが許せへんねん」

「だったらどうすんの？　せっかく貰《もろ》た原稿、みんな無かったことにするの？」

「うーん……」

それもまずい。僕02が本が売れなくなって借金を抱えたというのも、意地を張って未来からの原稿を使わなかったからではないかという気がする。

「どうしたもんかなあ……」

ため息をついていると、真奈美がさらに顔を近づけ、唇を重ねてきた。僕はちょっと驚いた。キスはいつも僕の方からする。彼女の方からキスしてくることはめったにない。

「なあ……」唇を離すと、彼女は不安げに言った。「私、離婚したないで……」

「うん、僕も」

「それやったら考えて。三人の生活、どうやって守っていくかを」

「うん……」

妻の言葉が僕を後押しした。そうだ、優先順位を見失ってはいけない。最優先事項は家庭を守ることだ。そのためには本を出して金を稼がなくてはならない。作家としてのプライドなんか、少しばかり犠牲にしたってかまわない。

僕はあらためて真奈美の顔を見つめた。さすがに新婚当初のような熱い愛はない。しかし、今でも僕にとって大切な人であることは間違いない。もちろん美月も。

離婚なんかしてたまるか。

「分かった。あの原稿は使う――じゃんじゃん稼いだる」

そう言うと、今度は僕の方から真奈美を抱き締め、キスをした。


とは言ったものの、僕09の書いた原稿をそのまま使いたくはなかった。それでは無責任すぎる。そこで杉並さんに電話でこう説明した。

「半分ぐらいは使います。過去のSF作品について解説したところは、今の僕が書いてもたいして変わらないから、問題ないと思います。ただ、二〇一〇年の僕の主観が入ってる部分――ガーディアンに対する評価の部分は、自分で書かないといけないと思うんですよね。今の僕が考えてることと違うから」

「具体的にどのへんが違うんですか?」と杉並さん。「二〇一〇年の山本さんと、今の山本さんと」

「いや、僕自身、まだガーディアンをどう評価していいか、よく分からないんですよ。それは自分で調査してみて、自分で判断するしかないと思うんですよね。未来の自分から教えられるんじゃなしに」

幸い、杉並さんは僕の考えを理解してくれた。

「その調査ですけど、どれぐらいの時間がかかりますかね？」

「そうですね。最低、三か月は欲しいです」

「今から三か月というと、一〇、一一、一二……じゃあ、年末ということで？」

「ええ、年末を目標ということで」

「分かりました。じゃあ、柳田本のスケジュールをそっくりガーディアン本に割り当てるということで、社内で調整してみます」

「お願いします」

「ところで、調査というと、具体的にどういうことをされるんですか？」

「ツテがあるんです」


翌週の月曜日、僕は駅の改札口でカイラ211と待ち合わせ、駅前の喫茶店に入った。

「活動資金とか、足りてるんですか？」

「少し苦しくなってきてますね」カイラは苦笑した。「深夜と緊急時以外タクシーは使うな、時間に余裕があるなら歩け、というお達しが出ています」

「そりゃひどいな」

「歩くのはべつに苦にならないからいいんですけどね。それに街を歩くのは、見聞を広めることができて面白いですし」

日本国内だけで七五〇〇体ものガーディアンが活動しているというから、移動に要する交通費をはじめ、諸経費だけで一日に何千万円という額になりそうだ。まあ、彼らは眠ったり風呂に入ったり下着を替えたりする必要がないので、ホテルに泊まらずにひと晩中歩き回っていても支障はないのだろう。何日かに一度はコインランドリーで衣服の洗濯ぐらいはしなくてはなるまいが。

彼らは未来からあまりたくさんの金を持ってきていない。預金通帳や株券や不動産の証書を未来から持ってくることに意味がないのは言うまでもないが、現金に関しても制限がある。その時代にまだ印刷されていない番号の紙幣は、偽札とみなされかねない。二〇〇一年以前に発行された紙幣なら問題はないが、それでも同じ時代に同じ番号の紙幣が二枚存在するのは、やはり好ましくない。硬貨も同じだ。この時代のものではない金を大量に流通させるのは混乱を招くので、初期の活動に必要な最小限の金しか持ってきてはいけない規則になっているのだ。

第三世界での救援活動に必要な医薬品も同じだ。タイムトラベルの間に変質しないよう、〈ソムニウム〉の中で特殊な方法で冷凍保存されているのだが、それも二〇日ぐらいでストックが尽きるという。

「じゃあ、今日は僕がおごりますよ」

「そうしてくださると助かります。協力者も少しずつ増えてきてますから、じきに楽になると思うんですけど」

すでにガーディアンは積極的に資金集めを開始している。もちろん、彼らは人間ではないから、会社を作ることはできない。そのため、人間の協力者を募り、彼らの金儲けを手助けして、その利益の一部を配分してもらうという方式を採用している。

最大のターゲットは製薬業界だ。ある会社が数年、あるいは数十年先に開発する新薬の製法を、現代のその会社に持ちこむ。代償として求めるのは、アジアやアフリカの子供たちを病気から救うためのボランティア活動を援助すること。薬品や抗生物質を無料で供与してくださるだけで結構。現地への輸送は私たちが行ないますので――というわけだ。

もし拒否すれば、話はライバル社に持ちこまれるだろう（ガーディアンはそう明言はしないが、ほのめかすことはある）。その行為には何の違法性もない。あったとしても、ガーディアンは人間ではないから逮捕できない。むしろ話に乗った方が大儲けできるし、ボランティア活動への協力は企業イメージのアップにつながる。もちろんアジアやアフリカの多くの人が病気から救われるし、未来の新技術によって医療は進歩するしで、一石四鳥というわけだ。

同様のことは、化学業界、金属業界、電子部品業界、自動車業界、航空機業界などでも起きていた。カーボンナノチューブ、高温超導体、新型バッテリー、二足歩行ロボット、効率が五〇パーセントを超える安価な太陽電池、セルロースからエタノールを作る技術、C12A7エレクトライドの大量合成法、量子コンピュータ素子……ガーディアンが提供できる技術はいくらでもあり、どれも莫大な利益を生むのは明らかだった。まだほとんどの企業は、こうした「悪魔との契約」に逡巡《しゅんじゅん》していたものの、いくつかの大企業が口火を切れば、他社もどっと追従するのは目に見えている。無論、それらが利益を生むのは何年も先だが。

すでに手っ取り早く儲けている者たちもいた。ガーディアンと接触した何人かのAQが、ネット上にサイトを立ち上げたのだ。そこではガーディアンから提供された情報を元に、解説ページやFAQのページが作られていた。どれもまだできて数日でしかないので、内容は貧弱だったが、それでも大変なアクセス数だった。バナー広告のクリック収入だけで、かなりの儲けになっているはずだ。無論、ガーディアンとしても自分たちについての正しい情報が広まるのは良いことなので、黙認したり、あるいは支援したりしていた。

　中でも人気があるのは、天気予報のページだった。ガーディアンの発表する「明日の天気」は必ず当たる。それは予測ではなく、本来の歴史における実際の天気のデータだからだ。もっとも、人間の活動の変化は気象にも影響を与えるので（いわゆるバタフライ効果だ）、七～八年するとだんだん当たらなくなってくるらしいが。

「僕もホームページ作って儲けようかなあ」

　冗談でそう言うと、カイラは「山本さんにそういうのは似合いませんよ」と言った。

「似合わないって？」

「汗水垂らさずにひと山当ててるなんてうさん臭いと思ってるんでしょ？　だからギャンブルとか株とかには決して手を出さない。肉体労働にせよ、パソコンのキーを叩くにせよ、何らかの努力によって生み出される報酬《ほうしゅう》にしか興味がない……違います？」

　やれやれ。カイラは僕のことを知りすぎている。

店員が飲み物を運んできた。僕はミルクティー、カイラはコーヒーだ。

彼女はコーヒーをブラックで飲んだ。小指を立ててカップをつまむしぐさも、カップに口をつける時の表情も、さりげないが優雅で色っぽく、僕はちょっと見惚《みほ》れた。どういうしぐさが魅力的に見えるか、未来の技術者は徹底的に研究したと見える。

カードホンの解説によれば、カイラのようなコンタクト用機種は、「人間と食事をつき合う」というだけのために、食事のまねごとができるように作られているという。無論、何か飲み食いしても、体内に吸収されるわけではない。食べたものはいったん胸の中にある容器に溜《た》めこまれ、後で口からチューブを突っこんで吸い出すのだ。口の中には成分を分析する装置があるから、甘さや辛さを「味わう」ことはできるが、「美味《おい》しい」と感じることはないという。それはさすがに人間にしかない感覚だ。

「ところで」彼女は伏目がちに言った。「この前お渡ししたCD－ROMですけど……」

「ああ、見ましたよ。文書ファイルはまだですけど、動画ファイルの方は」

「二本とも？」

「ええ」

「それで？」

「それでって？」

「どう思われました？」

「ああ、まあ、大変なことになっちゃうんだなあ、というぐらいしか……」

笑ってそう言ったものの、僕の脳裏にはまだ、得意そうにスケッチブックにアルファベットを書き並べる僕19のイメージが焼きついていた。当分、トラウマになりそうだ。

「まあ、歳をとったらああなるのは、しかたないのかもしれませんけど……」

「二〇一二年のあなたからのメッセージはどうです？　どう思われました？」

「ああ、あっちもひどいことになってるみたいですね……」

「私を嫌いになったんじゃありませんか？」

唐突な質問に、僕は驚いた。「何で？」

「だって、私たちが来たせいで、あなたたちの家庭がめちゃめちゃになってしまったんですから……」

カイラの表情は悲しげだった――本当に電子脳が「悲しい」と感じているのかど

うかまでは分からなかったが。

「そんなことですか！　いや、気にしてませんよ。確かにあっちの僕はひどい体験をしたんだろうけど、僕はそんな体験はしてないですし、あなたを恨む筋合いなんてないですよ。変に聞こえるかもしれないけど、しょせんは他人事《ひとごと》ですからね」

カイラの表情が少しほころんだ。僕を不思議そうに見つめる。

「意外ですね」

「何が？」

「あなたがそういう反応を示すことがです。あなたという人間ともう八回、計八〇年もつき合ってきました。あなたの奥さんよりも、あなたのことをよく知ってると思ってた。でも、あんな一件を聞かされて、そんなさばさばと割り切れる人だなんて予想しませんでした。もっと悩むものだと思ってました。あるいは怒りだすのではないかと」

「そんなにさばさばと割り切ってるわけじゃないんですけど」僕は笑った。「そりゃ悩みましたよ、僕だって。でも、あなたは悪くないでしょ？　離婚に至ったのは未来の僕の責任でしょ、おそらく」

「許していただけるんですか？」

「許すも何も、僕はあなたに恨みなんかないんですってば。あなたたちは人間のためを思って行動してるんじゃないんですか？　たまにそれが裏目に出ることもあるのは、しかたないことですよ」

　カイラはほっとしたようだった。「そう言ってくださると助かります。私もあの一件ではずいぶん悩みましたから」

　ロボットも悩むことがあるのだな、と僕は感心した。学習し成長する能力があるなら、当然かもしれない。失敗を悔いる感情がなければ、反省してより賢明になることもありえないのだから。

「でも、本当に意外です。こんなに長くつき合っているのに、人間の心はまだ分からないことだらけです。あなたのようによく知っているはずの人でさえ、予想できない反応を示すことがあります」

「そりゃそうでしょ。人間の心は複雑怪奇ですから。人間同士でさえ、他人の心なんて分かりませんよ」

　僕はミルクティーをすすり、笑った。

「そうか、僕とあなたはもう八〇年もつき合ってるんですね……」

「ええ」

「考えてみりゃ、あなたの方がずっと歳上なんですよねえ……いや、女性に歳のことを訊《き》くのはまずいか」

カイラは微笑《ほほえ》んだ。僕のユーモアが通じたのだろうか。

僕はあらためてカイラを見つめた。外見はどう見ても一〇代の女の子だ。しかし、実際には何十年、何百年も活動を続けている機械なのだ。その長い人生――いやロボット生の中で、どれほど多くのことを見てきたのだろうか……？

その瞬間、僕はガーディアンを見る目が変わった。それまで、心のどこかで、何となく機械の心は人間より劣るものと思っていた。長い進化の歴史の中で成長してきた人間の精神に、機械が簡単に追いつけるはずがない。どんなに人間のように振る舞っても、まだまだ人間には及ばないのだと。

だが考えてみれば、三〇〇回以上のタイムトラベルを重ね、各時代で一〇年を過ごしてきた彼らは、すでに三〇〇〇年以上の体験を蓄積しているわけだ。いわば「時間の中を移動する文明」だ。経験し、思索し、成長する時間はたっぷりあったはずだ。その精神はすでに人間を凌駕《りようが》していてもおかしくない。

「僕の方があなたから見れば子供なのにな。すみませんね、敬語なんか使わせちゃって」

「じゃ、敬語抜きで喋ろうか?」

いきなり軽い口調で言われ、僕はとまどった。「敬語抜き?」

「うん」カイラはにこにこ笑っていた。「敬語って確かに礼儀として必要だけど、敬語で喋ってると、どうしてもあるラインより親しくなれない気がするの。でも、私はもっとあなたと親しくなりたい。あなたさえいいなら、敬語はやめたいんだけど、どうかな?」

奇妙な感覚だった。敬語を使わなくなっただけで、カイラの印象がずいぶん変わった。よそよそしい感じが一瞬で消えた。物理的には同じ距離なのに、一挙に接近した感じがする。おまけに彼女はけっこう美人で……。

「うん、いいよ」

気がつくと、僕はそう答えてしまっていた。心の中では、(ヤバい、彼らの罠《わな》にはまったかも)と、あせっていたのだが。

アイの物語

　僕はカイラに、葛西《かさい》さんの提示した疑問をぶつけてみた。惨劇を阻止して歴史を改変しても、パラレルワールドが生まれるだけで、オリジナルの歴史における犠牲者が救われることがないのなら、いったい歴史改変に何の意味があるのか？

「それはＦＡＱのひとつね」

　カイラは頬杖《ほおづえ》をつき、楽しそうに言った。今までは清楚《せいそ》で礼儀正しい反面、生真面目《きまじめ》で近寄りがたい雰囲気があったのに、くだけた喋《しゃべ》り方をするようになったとたん、少しはすっぱな印象になった。おかげで人間味がぐっと増した感じがする。店内にいる他の客や従業員たちも、「中年男が若い娘と話している」としか思うまい。援助交際か何かだと勘違いされていないか、ちょっと心配だ。

無論、今までの礼儀正しいカイラと同様、今のカイラも本当の姿ではないことは理解している。彼女自身が言ったように、ガーディアンは人間とは異なる感性、異なる感情を有している。彼らの人間のような表情や喋り方は、すべて計算された演技であり、実際の内面を表現しているわけではない。

だが、頭では理解していても、感情的には納得できない。彼女のことをどうしても人間のように意識してしまう。

「でも、それは見方が間違ってる。犠牲者数にだけ注目するのはおかしいでしょ？犠牲にならなかった人も勘定に入れないと」

「犠牲にならなかった人？」

「そう」

彼女は例のハンカチのようなディスプレイをテーブルの上に広げた。垂直の青い棒が表示され、そこに〈１０００：９００〉という数字が重なる。

「たとえば人口一〇〇〇人の町で一〇〇人が死ぬ惨事があったとしましょう。犠牲にならなかった人は九〇〇人。その惨事を阻止した結果、犠牲者が一人で済んだパラレルワールドが生まれたとする。その世界では、犠牲にならなかった人は九九九人」

さっきの棒から斜めに伸びる分岐が表示され、〈1：999〉という数字が重なる。

「世界が二つになったことで人口は倍の二〇〇〇人になった。確かに犠牲者の数は一〇〇人から一〇一人に増えた。でも、犠牲にならなかった人は、九〇〇人から倍以上の一八九九人に増えた……」

カタカナの「ト」をひっくり返したような図形の下に、〈101：1899〉という数字が表示される。何だかごまかされたような気がした。

「待って。じゃあ、あなたたちは……」

「『君たち』でいいよ」

「君たちは犠牲者を減らしてるんじゃなく、犠牲にならなかった人を増やしてる？」

「そういうこと。どんどんタイムトラベルを繰り返して、パラレルワールドをたくさん作れば、その分だけ分母は大きくなる。不幸は減らせないけど、全人口に占める不幸な人の割合は減らせる……」

カイラの口調は冗談めいていた。

「でも、この説明は明らかに詭弁《きべん》ね。正直なところ、私たちはそうしたいからしてるだけ。前にも言ったけど、私たちには『危険を看過《かんか》することによって人間を傷つけてはいけない』という本能があるの。何らかの危機に瀕《ひん》してる人がいて、なおかつ助けることが可能であったら、どうしても助けたくなってしまう。たとえ過去に存在する人だろうと」

「君らを送り出した二四世紀の人たちも、同じように考えてるの？」

「そう。むしろアンドロイドの考え方に人間が感化されたの」

カイラは説明した。二一世紀から二二世紀にかけて、気候変動がもたらした世界的な食糧危機や経済恐慌の中で、人の心はますますすさんでいった。世界は戦争やテロ、民族や宗教の対立に明け暮れ、暗い時代が長く続いた。二一世紀後半に八〇億人に達した人口は、飢餓や疫病、さらには戦争や大量虐殺によって、すさまじいペースで激減していった。

以前から開発が進んでいたアンドロイドだが、本格的に普及して人間社会に溶けこむようになったのは、そうした激変がようやくおさまりかけてきた二二世紀後半からだ。当時のアンドロイドは高価で、不況と貧困の続く世界では、一般人が気軽に購入できるものではなかったからだ。

アンドロイドはその本能により、人間を決して傷つけないし、人間が傷つけられそうになっていれば保護しようとする。爆弾で人を殺すことも、無辜《むこ》の人間を拷問《ごうもん》にかけることも、路上で刃物を振り回すことも、女性をレイプすることも、子供を虐待することもない。その考え方は常に論理的であると同時に倫理的だった。出身地や人種で人を差別することも、侵略戦争やテロを支持することも、ネットで他人を中傷《ちゆうしよう》することも、「ナチによるホロコーストはなかった」などという妄説《もうせつ》を吹聴《ふいちよう》することもない。病人や障害者をいたわり、つらい労働を肩代わりし、子供をかわいがり、孤独な人を慰める。

自分たちが創造したアンドロイドが、人間以上に賢明に振る舞うのを見て、人は恥ずかしさを覚えるようになった。自分たちの愚行の歴史を振り返り、それがいかに間違いだらけだったかを痛感するようになってきたのだ。二三世紀に入った頃には、人間の方がアンドロイドを見習うべきだという風潮が強くなり、それが国や宗教の枠を超え、世界的な思想運動に発展していった。

子供たちは幼い頃から「人間を傷つけてはいけない。また、危険を看過することによって人間を傷つけてはいけない」という原則を叩きこまれる。子育てをアンドロイドにまかせることも多くなり、その影響で、ますますアンドロイド的な考えに染まる者が増えていった。歴史教育では、アンドロイド登場以前の歴史が、誤ったもの、決して見習ってはいけないものとして教えられるようになった。それが何世代も続くうち、人は無慈悲や無関心の愚かさを学び、理性的な考え方を身につけ、憎悪の連鎖から解き放たれていった……。

そうして生まれたのが、映像で見た二四世紀のユートピアなのだ。

「ということは、二四世紀の人たちが歴史を修正したいと思った背景には、『過去の歴史は間違ってる』という信念があった？」

「信念ではなく事実よ」

「それは……さすがに同意できん考えやなあ」

僕も彼女に倣《なら》って、くだけた喋り方をすることにした。この方が遠慮なしに本音をぶつけられる。

「そら、二四世紀の人間から見れば、二〇〇一年という時代は遠い過去の歴史にすぎんのかもしれん。愚行もいっぱいある。けど、僕らにとってはこれがげんに今、生きてる時代なんや。それを簡単に全面否定してほしくない」

「でも、二四世紀の人間や、私たちアンドロイドにとっては、こっちが当たり前の考え方なのよ。間違った歴史は修正されるべきだというのが」

「だからその、『間違った歴史』という言い方が――」

「じゃあ、あなたは本来の歴史を肯定するの？　9・11テロとか、ルワンダの虐殺とか、原子爆弾とか、ホロコーストとかを？　罪もない人たちが大量に虐殺されるのが『正しい歴史』と言える？」

　僕は腹を立てた。無論、それらが正しくなんかないことは承知している。しかし、「間違った歴史を修正したい」という二四世紀人たちの願望は、善意というより、単なる自己満足なのではないか？

「君らにとっては当たり前の考え方でも、僕らにとっては当たり前やないんや。そこまでして過去の人間を助けようというのは、正直、理解できひん。三〇〇年の時間というのは、言うてみれば、三〇〇光年の距離に匹敵するわけやろ？　三〇〇光年先の星に困ってる人がいると知っても、普通は助けに行こうとは思わへんよ」

「そうね。あなたたちはそんな考え方はしないわね。三〇〇光年先どころか、同じ地球の上で、大勢の子供が病気や栄養失調で苦しんでいることを知っていても、ほとんどの人は少額の義援金すら送ろうとしないものね」

「…………」

　事実を淡々《たんたん》と指摘しているだけなのに、カイラの言葉は僕の胸に突き刺さった。非難するような口調ではなく、嘲《あざけ》りも含まれてはいない（彼らには人を蔑《さげす》むという感情はないのだ)。むしろ僕らが現実から目をそむけていることを憂《うれ》い、憐《あわ》れんでいるようにすら感じられる。

だが、それはある意味、激しく非難されるよりもきつい。僕は人間の一人として、肩身の狭い思いをした。

「もちろん、時代によって人の考え方が違っているのはしかたがないことよ。かつては奴隷制や売春や動物虐待や人種差別や女性差別や職業差別が当たり前のことだった時代があった。当時の人の多くは、それが悪いことだと認識していなかった。でも、それはやっぱり悪いことなのよ。人間はそれに気がついたから、意識を改めていった――そうじゃない?」

「まあな」

考えてみれば、僕の生きてきた四五年間でも、大きな意識の変革がいくつもあった。たとえば六〇年代あたりの古いドラマを今観《み》ると、登場人物がやたらにタバコをふかしているのが気になる。当時は嫌煙権《けんえんけん》などという概念がなかったのだ。セクハラにしたってそうだ。男性上司が女性社員に抱きついたり尻を触ったりホテルに誘ったりするのが悪いことだという認識は、ここ二〇年ほどの間に浸透してきたものだ。

「この時代もまだまだ間違ったことが多い。発展途上国の貧困や飢餓の問題に、先進国の人たちが関心を抱かないのも、そのひとつ。ほんの少しのお金で大勢の人が救えるのに、ほとんどの人はそうせず、見殺しにしてる。それは明らかに間違ってる。だから改める必要がある……」

「ちょっと待って。これから先もその方針を過去の世界で貫くつもり？」僕は素朴な疑問を呈《てい》した。「たとえば一八世紀あたりのアメリカに行って、『黒人奴隷を解放しなさい』って言うの？　ほとんどの人が奴隷制を当たり前と思ってた時代で？　それとも奴隷を強制的に解放する？　そんなことしたら、ものすごい反発が起きるんとちゃう？」

カイラは真剣な顔でうなずいた。「それは私たちも悩んでるところよ」

「それに――キリストはどうする？　君らの原則からすると、十字架にかけられたイエスを助けなあかんことにならへんか？」

僕の頭に浮かんだのは、アーサー・ポージスの「救出者」というショートショートだった。大量の銃火器で武装した狂信的な男が、タイムマシンを乗っ取って過去に向かおうとするのを阻止するため、科学者たちがせっかく完成させたマシンを破壊しなくてはならなくなるという話だ。なぜなら、男の目的はゴルゴダの丘からイエスを救出することだったからだ。

「そんなことしたら、キリスト教の教義がめちゃくちゃになるで」

「でしょうね」カイラはけろりとしていた。

「でしょうね、って……」

「キリスト教が広まったのは、イエスが悲劇的な死を遂げたのが大きな理由のひとつ。イエスの復活なんてものがあったかどうかは疑問だけど、もし彼が十字架上で死なずに、生き長らえて自然死していたなら、当然、パウロの回心もなかっただろうし、『贖《あがな》い』という概念も生まれなかったことになる。今ほどキリスト教は広まってたかどうか。もしかしたら、中東の小さな教団のひとつで終わってたかもしれない」

「だったら……」

「でも、私たちとしては、不当な理由で処刑されようとしている人がいたら、助けないわけにはいかない」

「…………」

「それに、キリスト教が歴史の表舞台から消えたとして、何か不都合がある？　魔女狩りも、宗教を原因とする争いの多くも、起こらなかったことになる。もちろん

9・11テロもね。教会の弾圧がなくなるから、地動説や進化論が受け入れられるのが、本来の歴史より何世紀も早くなるかもしれない。その世界では、こっちの世界よりはるかに科学が進歩することになる……というのは、あなたが『ミラー・エイジ』で書いたことでしょ？」

参った。こいつ、僕の全作品を読んでるらしい。妻でさえ「SFは難しくて嫌い」とか言って、半分も読んでいないのに。

「そんなのはキリスト教徒の前では……」

「もちろん、言うわけないわよ」カイラは笑った。「あなたががちがちの無神論者だと知ってるから言ってるの。どっちにしても、今からそんなこと悩んでもしかたがない。遠い未来の話なのに」

「未来？」

「私たちガーディアンにとって、イエスの時代は未来なの」

「ああ……」

「あと二〇〇〇回近くもタイムトラベルを繰り返さないと到達できない、遠い未来。各時代で一〇年を過ごすから、たどり着くのに二万年近くかかることになる。さすがにそんな未来の話を検討しても、机上《きじょう》の空論にしかならない。

さっきの奴隷制の話にしてもそう。その時代にたどり着くのは、私たちの主観ではまだ何千年も先のこと。その時代が近づくにつれて、状況は変わってゆく。いずれ方針転換を迫られることになるかもしれない。でも、それはかなり先の話。どうすべきかを今から考えてもしかたない。

よく訊《たず》ねられるのよ。『人類の歴史をどこまで遡《さかのぼ》るの？　ミトコンドリア・イヴまで？』って。私たちの答えはいつも同じ――『分かりません』よ。守るべき人間が、どこまで遡れば『人間』でなくなるのか、そんなのは今の私たちには判断できない。いつかタイムトラベルをやめて、その時代に定住することになるだろうけど、それは今じゃない」

「そう言えば気になってたんやけど、どうして一〇年でやめてしまうの？　人間を守るのが君らの使命なら、この時代から去らずに、永遠に守り続けないとあかんやろ？」

「それもＦＡＱね。ひとつは、それが私たちの行動原理から逸脱するから」

「行動原理？」

「『危険を看過することによって人間を傷つけてはいけない』――危険が存在することを知れば、それを阻止しなければならないと考えるのが、私たちの本能なの。

犯罪や事故を防いでるのはそのため」

　確かに新聞にはそうしたニュースが連日載っている。ガーディアンのスポークスマンは、地震や台風などの自然災害だけでなく、数年以内に起きるはずの大事故について、いくつもの警告を発していた。その発言はしばしば物議をかもした。この時代の人間がまだ誰も気がついていない危機や、企業や政府機関が危険を知りながら隠蔽《いんぺい》していた情報ばかりだったからだ。

　たとえば福井県の関西電力美浜原発三号機の二次冷却系の配管の問題だ。テレビに出演したガーディアンの指摘によれば、この配管は一九七六年の運転開始以来、一度も交換されておらず、二五年の間に配管内を流れる冷却水によって磨耗《まもう》し、危険な状態になっているというのだ。本来の歴史では、二〇〇四年八月九日に配管が破損して高温の蒸気が噴出、作業員五人が死亡、六人が重軽傷を負う惨事になったという。

　関西電力は当初、「配管の定期点検は行なっている」と、原発の安全性を保証する声明を発表し、事故の可能性を否定した。しかし、翌日にはそれを撤回せざるを得なくなった。破損が起きると予言された箇所は、定期点検リストから洩《も》れており、二五年間一度も肉厚の測定が行なわれていなかったことが明らかになったのだ。緊急点検が行なわれた結果、確かに問題の箇所の配管が安全基準値をはるかに下回るほど磨耗しており、本来は一〇ミリあった肉厚が四分の一以下になっていることが明らかになった。ただちに配管は交換され、事故は未然に防がれた。

アメリカではNASAが同様のスキャンダルを暴露《ばくろ》されていた。本来の歴史では、二〇〇三年二月一日、スペースシャトル〈コロンビア〉が地球に帰還する際、テキサス州上空で空中分解し、七人の乗員が死亡したというのだ。原因は打ち上げ時に外部燃料タンクの断熱材が剝落し、左翼の前縁に衝突して強化炭素複合材料のパネルを損傷したためだった。断熱材の剝落は過去に何度も起きていたのに、NASAはその危険性を無視してシャトルを運用し続けていたのだ。

他にも、石油暖房機やガス湯沸かし器の欠陥、漏電《ろうでん》による火災を招く危険な配線工事、ビルの耐震工事の手抜き、重大な副作用のある新薬などなど、ガーディアンによって警告された危険は数え切れない。

「でも、予測不可能な危険まで回避することはできないし、する気もない。状況を改善していけば、その後に起きる事件はすべて、私たちの知らないものになる。げんに交通事故も火災もまた増えてきてるでしょ?」

確かに新聞には交通事故や火災の記事がまた載るようになってきている。「なぜガーディアンは悲劇を知りながら阻止しなかったのか」と非難する声もある。しかし、それは無理な話だ。交通事故なんてものは、ほんの数秒のよそ見、ほんのコンマ何秒のブレーキの遅れで起きる。ガーディアンの到来で歴史が変わったことにより、すべての人間の行動が変化している。すなわち、今起きている交通事故はすべて、本来の歴史では起きなかったものであり、ガーディアンにも予測不可能なのだ。

火災も同じだ。放火犯は警戒して活動をやめているだろうし、漏電で火災が発生すると警告された箇所は修理されているが、タバコの不始末や、ストーブやコンロからの引火などは、偶然の要素が大きいので、いつどこで起きるか予測しようがない。

「地震は別よ。地震はこれからも、本来の歴史と同じ日時に起きる。私たちは今後三二九年間に起きる大地震や火山噴火のデータをすべて公開するから、事前に警戒していれば、被害は最小限で食い止められる。でも、台風や集中豪雨の予測は当たらなくなる」

「人間の活動が気象に影響してるから？」

「そう。都市部のヒートアイランド現象や、熱帯雨林の伐採《ばっさい》、家畜の放牧による砂漠化は、局地的な気候に影響を与えてる。でも、いちばん大きいのは、大気中の二酸化炭素濃度の上昇によって、地球の平均気温、特に北極域の気温が上昇すること。本来の歴史では、それで北半球の気候のバランスが崩れて、二一世紀前半から旱魃《かんばつ》や集中豪雨が頻発《ひんぱつ》したの」

僕もそれはテレビで見た。ガーディアンのスポークスマンが公開した映像――二〇四〇年の北極地方を衛星軌道から撮影したものだ。夏の北極海から海氷が完全に姿を消し、一面の青い海が広がっていた。ロシア、アラスカ、カナダ、グリーンランドなどの氷雪も、大幅に少なくなっていた。

よく言われている、陸上の雪や氷が融けることによる海面の上昇なんて、実はそんなにたいしたことはない。ガーディアンによれば、二一世紀の終わりまでに、世界の海面はせいぜい四〇センチしか上昇しない。

深刻なのは気温が上がること自体でも、海面が上昇することでもなく、気候が変化することだ。地球の平均気温が二度上昇するだけで、気候帯の大規模な移動が生じる。雨の少なかった地方に大雨が降り、雨の多かった地方が日照りに見舞われるようになる。異常気象が何年も続いて作物の収穫量が激減する。その結果、二一世紀の終わりには、世界的な食糧不足によって何十億という人間が餓死することになるのだ。

「でも、私たちが提供するクリーンなエネルギーが普及すれば、二酸化炭素濃度の上昇は抑えられて、気象災害の多くは防げるはずよ。もちろん、完全になくなるわけじゃなく、数が少なくなるだけ。本来の歴史にはなかった台風や大雨も起きるでしょうね。一〇年かけて歴史を改変すれば、どんな危険が発生するか、私たちにも予測できなくなる。つまり『危険を看過することによって人間を傷つけてはいけない』という原則は適用されなくなるの。

ただ、依然として危機的状況の続いている地域には、少数のガーディアンを残していって、引き続き人命を助ける活動に従事させる予定よ。もっとも、これまでの経験からすると、一〇年以内にほとんどの状況は改善されて、活動を人間にバトンタッチしてもよくなってる。残るのはせいぜい三〇〇〇体前後というところね。

私たちが去る第二の理由は、人間のロボットに対する反発よ。これまでの経験からすると、この時代でも私たちに対する抵抗運動が起きると予想される」

「だろうね」

「私たちが永遠にこの世界に居座ると宣言したら、その抵抗は何倍も激しくなるに違いないわね。テロや暴動に巻きこまれて大勢の人が死ぬでしょう。それを避けるために、私たちは去らなくてはならないの。

第三に、私たちがこの世界に居座り続けることは、あなたたちのためにならない。問題を何もかも私たちが解決してしまうのは、あなたたちの自尊心を傷つける――そう、『傷つける』の。あなたたちが自尊心を維持するためには、私たちの手を借りずにこの世界を存続させなくてはいけない。私たちはその道を示し、手助けするだけ。私たちが発展途上国の人たちを援助するのも、正しい行ないを示すことで、この時代の人たちに、正しい考えに目覚めてほしいという意図があるの」

「でも、その意図が通じるかな？　君らがおらんようになったら、また人間は戦争とか迫害とか、はじめるんとちゃうか？」

「私たちが去った後の世界がどうなるかは、あなたたちしだいね。でも、うまくいくと信じてる。本来の歴史でもそうだったから。未来の人間は私たちを見習うことで、理想世界を建設することができた。だからあなたたちもそうできるし、そうすべきなのよ」

にこやかで確信に満ちたカイラの表情は、独身時代、よく僕の住むマンションに勧誘に来ていた新興宗教の人を連想させた。

「いや、実績があるのは分かるよ。でも、その考え方を押しつけるのは……」

「良くない？　かもしれない。でも、大勢の人が死んでゆく現実から目をそらすのと、どっちが良くないこと？」

「ごめん。参った。この話はもうやめよう」

僕は強引に議論を打ち切った。カイラの論法には穴がない。彼らにしてみれば、僕の抱く疑問など、それこそ何万回も答えてきたＦＡＱだろう。回答はすべてマニュアル化されているに違いない。これ以上続けたら、それこそ彼女に感化されてしまいそうだ。

たぶん、今この瞬間も、日本全国で何百人もの人がガーディアンから同様のお説教を聞かされ、感化されているのだろう。最初の一年が終わる頃には、日本全国で何百万という数のガーディアン信者が生まれているに違いない。なるほど、こうした草の根からの地道な改革もバカにはできない。

「ところで、相談したいことがあるんやけど」

僕は今抱えている問題について、カイラに説明した。二〇一九年の僕09が送ってきた原稿の件だ。「あれに手を入れて出版しようと思ってる」と言うと、カイラは嬉しそうに眼を細めた。

「『ＳＦが彼らを産んだ』ね。あれはいい本だった」

ロボットに本の良し悪しが評価できるのかは疑問だ。人間だって本の価値が正しく評価できない者が多いというのに。

「でも、あれを書いた僕の心理が理解できひん。正直な感想を言わせてもらうと、君らを絶賛してるのがむずむずする。何というか……違和感がある」

「まさか私たちが原稿を改竄《かいざん》したと思ってる？」カイラは面白がっているように見えた。「あなたをひっかけようとしてるって？」

「うん、まあ……」

「そんなこと、やるわけないでしょ。あからさまな偽装工作をやっても、すぐにバレて信頼を失うだけだもの。あれはあなたなりにリサーチをやったうえでの分析よ。それに、手放しで絶賛してるわけじゃないし」

「でも、そのリサーチと分析をやったんは、ここにいる僕と違う。言うてみれば、僕の何歳も上の兄弟の出した結論やろ？　そんなもんを僕の結論として世に出すわけにはいかん」

「律儀《りちぎ》なのね」

「もの書きとしての最低限のモラルやろ」

「つまり自分なりにリサーチをやりたい？」

「そういうこと。ここでこうして君と喋ってるのも、リサーチの一環や」

僕は喫茶店のテーブルの片隅で回っているテープレコーダーを指し示した。仕事場の隅で埃《ほこり》をかぶっていたのを、掘り起こして持ってきたのだ。

「もちろん、私たちのことを正しく伝えてくれるなら、協力は惜しまないわよ。そのためのAQだもの」

「で、ものは相談なんやけど」僕は身を乗り出した。「もっと君らのことが知りたい。カードホンに書いてある情報だけでなく……」

「〈ソムニウム〉の中を見学させてくれ？」

言おうとしていたことを先に言われ、僕は驚いた。ロボットってこんなに勘がいいものなのか？

「やっぱりね」カイラは子供を眺める母親のように微笑《ほほえ》んだ。「あなたはいつもそう」

「いつも？」

「二〇〇九年から二〇〇二年までのあなたは、みんなそう。何かにかこつけて、〈ソムニウム〉の中を見せてくれって言うの。実は宇宙に出てみたいだけなんだけど」

「あ……」

僕は顔が熱くなった。カイラの勘がいいんじゃなく、僕の頭が悪かっただけだ。他の年の僕がすでに同じことを切り出していることに、思い至らなかった。

そう、僕は宇宙に行きたいのだ。一度でいい、無重量状態というやつを味わってみたいのだ。宇宙から青い地球を見下ろしてみたいのだ。それが子供の頃からの夢だった——というか、それを夢見ない人間がいるということが、僕には信じられない。

三二年前、アポロが月に行った頃は、二一世紀になればその夢が実現すると信じていた。二〇〇一年、僕が四五歳になる頃には、民間人が海外旅行の感覚で、気軽に宇宙旅行に行けるようになるだろうと。だって、当時の雑誌なんかに載っていた未来予測では、そうなっていたからだ。

現実の二〇〇一年は甘くなかった。宇宙に出るには、ＮＡＳＡの厳しい訓練と選抜テストをくぐり抜けて宇宙飛行士になるか、何十億円もぽんと払えるほどの大富豪になってロシアのソユーズに乗せてもらうしかない。どっちも僕には無理だ。僕の人生はたぶんもう半分過ぎている。このまま一生、宇宙には出られないものとあきらめかけていた。

そこに降って湧いたチャンス。これを逃《のが》す手はない。

「じゃあ、行かせてくれるの……?」

僕が恐る恐る言うと、カイラは「もちろん」と笑った。

「ただ、順番待ちがあるから、何か月先になるかは分からない。他にも〈ソムニウム〉の中を見たいと希望してる人は大勢いるから」

そりゃそうだろう。

「それに、〈ソムニウム〉はあれだけの大きさだけど、人間が入れる場所はあまりないの。だから一度に大勢は滞在できない」

それも当然だ。ロボットは真空中でも平気だし、水も食事もトイレも必要とせず、温度変化にも強い。人間が滞在するスペースを作ろうとしたら、与圧《よあつ》だの空気循環システムだの、面倒な設備がいっぱい必要になる。そんなものをやたらに作るわけにもいくまい。

「でも約束する。願いは叶《かな》えてあげる」

「……ありがとう」

僕は心底から礼を言った。ガーディアンが人間にとって良き存在なのかどうかは、まだ分からない。しかし、少なくとも夢を叶えてくれることには感謝した。

　カイラは眼を閉じて、何かを詠唱《えいしょう》するようにつぶやいた。

「おそらく人類という種《しゅ》は地球の重力に縛られ続け、他のたくさんの知的種族の存在も知らないまま、ひとつの星の上で孤独に朽ち果ててゆくのだろう……」

「何、それ？」

「『アイの物語』の一節――読んでないの？」

「いや、まだ……」

「読んでおいた方がいい。あれはいい話よ」

「そうする」

　そう答えたものの、僕は上《うわ》の空だった。子供の頃からの夢が叶うかもしれないのだ。これが浮かれずにいられるか。

　その時、ふと気になったことがあった。

「これまでの八人の僕も、みんな〈ソムニウム〉に行った？」

「ええ」

「ということは、二〇〇八年から二〇〇二年までの僕も、やっぱりあの原稿を本にしたんかな？」

「いいえ。だって、あれを受け取ったのはあなただけだから」

「僕だけ？」

「『ＳＦが彼らを産んだ』の原稿は二〇〇一年の自分に送れというのが、二〇一九年のあなたの指示だから」

「ええ!?　何で？」

わけが分からない。なぜ二〇一九年の僕09にとって、二〇〇一年の僕は特別な存在なのだろうか？

「それは私が説明するより、二〇一九年のあなたの書いた文章を読んだ方が良くない？」

「あ、うん、そうやな」

確かに、カイラから間接的に説明を受けるより、その方が正確だ。僕09が『ＳＦが彼らを産んだ』を書いた理由も分かるだろう。

前にも説明したように、僕は未来の僕からのメッセージを読むのを避けていた。あの二本の動画ファイルの内容を知った後では、さらに読む気をなくしていた。だが、そうも言っていられない。

僕09のことを知る必要がある。

家に帰って、カイラと話したことを真奈美《まなみ》に報告した。宇宙に行けるかもしれないということも。しかし、「ふーん、良かったやん」と、なぜか妻の反応は鈍い。

「え？　何その『ふーん』は？　もうちょっと驚いてくれへんの？　宇宙やで、宇宙！」

「そんなこと言うたかて、私、宇宙に興味ないもん」

洗濯物を畳みながら、妻は言う。

「えー!?　ＳＦファン以外の人間の、宇宙についての意識ってその程度？」

「だって、日本人初っていうわけでもないやろ？　もう毛利《もうり》さんも向井さんも若田さんも行ったはるんやし」

「いや、そらそうやけど……」

「だったらたいしたことないやん――何週間も行くんとちゃうやろ？」

「いや、中を見学するだけやから、一日か二日で終わるとは思うけど……」

「だったらええやん。行っといで」

妻の素《そ》っ気《け》ない態度に、僕は少し落胆《らくたん》を覚えた。「きゃーっ、すごいやん！」と抱きついてくることは期待していなかったが、もう少し感動してくれると思ったのだが。

美月《みづき》の方は、もっと喜んでくれた。「いいなあ、ミミ（自分につけた愛称だ）も行ってみたいなあ」と目を輝かせる。

「たぶん家族連れは無理やと思う。ごめんな。その代わり、写真いっぱい撮ってきたるから」

「おみやげは？」

「おみやげ？　うーん、宇宙にあるのかな……何がいい？」

「八ツ橋！」

「いや、それはない」

翌日、僕はまず『アイの物語』のファイルを開いた。

そこに並んだ章タイトルを見て首をひねった。「ときめきの仮想空間《ヴアーチャル・スペース》」「ミラーガール」「ブラックホール・ダイバー」といった見覚えのあるタイトルが並んでいたからだ。それらは僕がかつて書いたことがあったり、あるいは書こうと思っている作品だ。何だ、これは？　長編かと思っていたが、短編集なのか？

少し読んでみると、どうやら独立した七本の中短編をブリッジでつないだ構成らしいと分かった。人類の文明が衰退した数百年後の未来を舞台に、アイビスという美少女型の戦闘用アンドロイド（何というベタな設定だ！）が、少年に七つの物語を語って聞かせるというものだ。執筆時期は二〇〇六年頃のようだ。僕は訝《いぶか》った。確かに「ミラーガール」や「ときめきの仮想空間《ヴァーチャル・スペース》」は自分でも気に入っている話だし、いつか短編集にまとめたいとは思っていた。しかし――何でこんな構成にしたんだ？

最初に収録されていた短編は、「宇宙をぼくの手の上に」という記憶にないタイトルだった。冒頭の数ページを読んで、「あっ」と驚いた。これはつい何週間か前に、朝、ベッドの中でぼうっとしていた時に浮かんだ話じゃないか。思いついたものの発表の場がなく、「ちくしょー、この話書きてえ！」と掛け布団を抱き締めて悶《もだ》えたものだ。ファイルのデータによれば、書かれたのは二〇〇三年。どうやら二年後の僕は発表の場を見つけたらしい。

しかし、何でフレドリック・ブラウンの短編集と同じタイトルなんだ？　内容に合っているとは思えないのだが。

カイラの引用した「おそらく人類という種は」というくだりは、この小説の中にあった。SFサークルの会長であるヒロインが、星空を見上げてもの思いにふけるくだりだ。分かる。このヒロインは僕だ。宇宙に行きたいという子供の頃からの夢を、厚い現実の壁にはばまれている僕自身だ……。

作中にはもう一人、谷崎祐一郎《たにざきゆういちろう》という高校生が登場する。彼は同級生から「上靴《うわぐつ》に水飴《みずあめ》を入れたり、体操服に落書きしたり」といった陰湿ないじめを受け続け、ついには逆上して相手を刺し殺してしまうのだ。

これも僕だ——僕も小学校から高校にかけて、ずっといじめの対象だった。上靴に水飴を入れられたことも本当にある。『神のメッセージ』の中でヒロインの体験として書いた「廊下ですれ違いざまに蹴りを入れられた」「階段を降りようとしていて、強く背中を突かれ、転落しそうになった」というのも、実際に僕が体験したことだ。

もちろん相手を殺したことはない。しかし、復讐《ふくしゅう》を妄想したことは何度もある。ほんのちょっと歴史が違っていたら、僕だって祐一郎のように殺人者になっていた……。

おそらく大半の読者にとって、「宇宙をぼくの手の上に」という作品は絵空事にすぎないのだろう。しかし、僕にとっては胸の詰まる切実な作品だ。

次の「ときめきの仮想空間《ヴァーチャル・スペース》」は、四年前にゲーム雑誌『ゲームクエスト』に載せた話だ。けっこう能天気なラブ・ストーリーである。その次の「ミラーガール」

もよく覚えている。意識を持つ人工知能が誕生するまでを描いた話で、つい二年前にオンライン・マガジン『SFオンライン』に書いたばかりだ。どちらも少し改稿されているようだが、今、僕のパソコンのハードディスクに入っているバージョンと、目立って大きな違いはない。僕は途中から飛ばし読みした。

　その次に載っていた「ブラックホール・ダイバー」を読んで、僕は懐かしく感じた。二〇年ぐらい前のアマチュア時代、『SFマガジン』の新人賞に応募して落選した作品だ。それを書き直したらしい。書かれたのは二〇〇四年。昔の作品では、語り手は一人で宇宙ステーションを管理する老人だったのだが、ここでは無人の宇宙ステーションをコントロールしている人工知能の一人称になっている。なるほど、老人がたった一人で宇宙で暮らしているという設定は不自然だ。こっちの方が理屈に合っている。

　古い原稿はコピーを残していなかったので直接比較できないが、かなり良くなっている。設定やラストシーンは少し変わっているものの、プロットは記憶にあるものと大きな違いはない。シリンクス・デュフェというヒロインの名前まで二〇年前の通りだったのは、なんだか嬉しくなってしまった。よくこんな名前を覚えていたものだ。こういう些細《ささい》な部分にこだわるのが、いかにも僕らしい。

そして、五番目に収録された「正義が正義である世界」を読んで、僕は大きなショックを受けた。

主人公が、自分たちの生きている世界がコンピュータの中の仮想現実だと気づくという話で、『神のメッセージ』の変奏曲と言える。前半は怪獣まで出てくるハチャメチャなギャグ話で、いかにも僕好みだ。後半は急にシリアスな展開になり、そのギャップがアンバランスで不思議な印象を受ける。しかし、このアイデアなら僕は確かにこういう話にするだろうな、と納得できる。

納得できないのは、それまでの四作品と違い、今の僕の頭の中には、こんな小説の構想はこれっぽっちもないということだ。

書かれたのは二〇〇五年。四年後の僕はこんな話を思いついて書くというのか？

――いや違う。これを書いたのは別の時間の流れの中にいる僕0だ。歴史改変が起きてしまった以上、ここにいる僕01は、もうこの小説を書くことはない。

さらに本の後半を占める二本の中編、「詩音《しおん》が来た日」と「アイの物語」を読んで、僕は打ちのめされた。

前者は老人保健施設にアンドロイドの介護士がやってくるという話だ。妻がまだ老人保健施設で働いていた頃、その仕事がどれほど大変かを聞かされていたので、いつか近未来の老人介護を題材にした話を書いてみたいと、漠然とは思っていた。しかし、その発想が完成形として提示されているのには、驚き、あきれるしかなかった。老人介護の現場の描写もリアリティがある。おそらくかなり妻の協力があったはずだ。

最後の「アイの物語」、およびそれに続くエピローグで、それまでバラバラに思えていた六つの話が統合される。その巧《たく》みな構成に、僕は我ながら舌を巻いた。「ミラーガール」を書いた時点の今の僕には、こんな構成にするという構想はまるでない。こいつはいったいどこから、こんな突拍子《とっぴょうし》もないことを思いついたんだ？

読み終えてみると、いろいろ納得できることがあった。ガーディアンがこの小説に興味を示したというのも理解できる。アイビスたち人工知能（作中ではＴＡＩと呼ばれている）の設定や描写は、偶然とはいえ、ガーディアンとかぶる部分が多いのだ。彼らは人間とは異質な知性を有しており、人間のような愛を持たない。生殖本能を持たないので、異性への愛や母性愛など生まれようがないのだ。それでも彼らには彼らなりの感情があり、人間を愛《いと》しく思い、決して傷つけまいとしている……。

しかし。

僕はひっかかった。何かがおかしい。確かにいい話ではあるが、作品全体を眺めると、違和感がある。読者はたぶん気がつかないだろう。同一人物である僕にしか分からない微妙な肌触り——まるで僕が書いたものではないかのような感覚。

最初、それを感じさせるのがどこなのか分からなかった。仕事場の床に寝転がり、天井を見上げてしばらく悩んだ。未来の僕が書いた部分を何度も反芻《はんすう》し、すでに僕が書いた部分や、構想中の部分との差異を探してみる。やがて、はたと違和感の正体に気がついた。

絶望だ。

二〇〇一年までに僕が書いてきた小説——たとえば去年書いた『戦慄《せんりつ》のミレニアム』などは、人類の過去の愚行を憂いつつも、結末は希望にあふれていた。人間は少しずつだが賢明になり、世界は良い方向に向かっている。一〇〇〇年後はきっと理想の世界が誕生しているだろう、という楽観的なビジョンで締めくくられていた。

しかし、『アイの物語』は違う。一見、ハッピーエンドに見えるが、ここにあるのは人類への深い絶望だ。「真の知性体は罪もない一般市民の上に爆弾を落としたりはしない」「子供を殺すことを正義と呼びはしない」とアイビスは言う。人間の精神には致命的な欠陥があり、論理や倫理を理解できない。正義という言葉が本当の意味で正義である世界など、実現不可能なのだと結論している。論理的かつ倫理的であるＴＡＩこそが真の知性体であり、人類には地球の主人である資格がないのだと。

確かに僕は若い頃に、平井和正《かずまさ》氏のいわゆる「人類ダメ小説」に影響を受けた。人類という種には大きな欠陥があるという大前提を、ごく自然に受け入れてきた。だが、それはあくまで情報として知っていたり、頭で理解していただけで、実感していたわけではないと思う。だからこそ『戦慄のミレニアム』のような希望のある話を書いたのだ。だが、『アイの物語』を書いた二〇〇六年の僕は違う。本気で絶望している。

いったい、五年の間に僕に何があった。

それを知るため、僕はそれまで避けていた僕09からのメッセージを開いた。

〈過去の自分にどんなメッセージを送るべきか、ずいぶん悩んだ〉

他人行儀なあいさつなどなしに、僕09はいきなり本題に入っていた。

〈おふくろや真奈美のお父さんの死期については、もうカイラから聞かされたと思う（もしまだなら、忘れずに訊ねておけ）。他にも友人や親戚の中には、この一八年間に死んだ人が何人もいる。でも、そんなことを君に警告してもしかたがない。他人の死期を書いたらガーディアンに検閲されるだろうし、たぶんその人自身にもガーディアンから警告が行ってるだろう。それに、歴史が変われば当然、死期だって変わってくる。実際、この一〇年の間に、ガーディアンから与えられた医療技術や新薬のおかげで、本来の歴史では死んでいた人が、ずいぶん助かっている。

身の回りに起きるトラブルだってそうだ。確かに僕はいろいろなトラブルを体験した。仕事上のもの、プライベートなもの、ネット上のもの……でも、その多くを、たぶん君は経験しないだろう。と学会の件とかにしてもそうだ。それは君の歴史では起きない可能性が高い。だから警告を発しても、かえって君を混乱させるだけではないかと思う〉

と学会というのは、僕が会長をしている趣味のサークルだ。僕は首を傾《かし》げた。僕

09の歴史では、と学会関係で、何かトラブルが起きたのだろうか？

〈君が体験するトラブルの多くは、君の歴史の上だけのものだ。僕にはそれがどんなものだか分からないし、助言もできない。ありきたりの言い回ししかできなくて申し訳ないが、君の人生なんだから、君が自分で乗り越えてゆくしかない。

そう思ったから、他の時代の僕にはメッセージを送っていない。ただ、二〇〇一年の僕に対してだけは、何か言っておくべきだと思った。君がいるその時代は、僕の転機になった年だったからだ。僕の想いを誰かに伝えるなら、君しかいないと思った。

君の歴史では、９・11テロは起きなかったことと思う。だから、それをニュースで知った時に僕が味わった恐怖も、理解できないのではないか。ビルが崩壊して大勢の人間が死ぬのを見たのも恐ろしかったが、何よりも恐怖を覚えたのは、これで世界が終わるかもしれないという予感がしたからだ。

当時、あの同時多発テロがきっかけで、第三次世界大戦が勃発《ぼっぱつ》するのではないかという予想があった。実際、核戦争は起きなかったものの、あの事件の影響で、アフガン紛争やイラク戦争が勃発《ぼっぱつ》し、数えきれないほどの悲惨なテロ事件が起きた。

当時の資料を調べ直してみると、二〇〇一年九月一六日付の『朝日新聞』で、元陸自調査学校教官でリスク管理研究者の佐渡龍己《さどりゅうき》という人が、テロリストの狙いを「過剰報復の誘発」と看破《かんぱ》している。「米国民衆の世論の圧力によって、ブッシュ大統領に過剰報復させること」で、事件に関係のない国家や民衆に犠牲を発生させ、「今度は逆に先進国以外の国々からなる国際世論が米国を非難するといった状態を形成すること」だと。さらに「被害者の怒りを逆手に利用するテロリズムに対して、怒りはテロリズムを助長する源である」とも警告している。

当時、アメリカでも同様の警告を発した人は何人もいただろう。しかし、逆上していた当時のアメリカ国民の大多数は、そんな声に耳を傾けなかった。テロの直後から、すでに戦争を望む声が激しく巻き起こっていた。

テロの翌月にはアメリカはアフガニスタンに侵攻、二〇〇三年にはイラクに侵攻した。イラクへの開戦の主な理由は、「イラクが大量破壊兵器を保有している」「フセイン大統領はテロを起こしたアルカーイダと協力関係にある」というものだった。だが、戦闘終結後にいくら調べても大量破壊兵器なるものは見つからなかったし、フセインとアルカーイダの関係も証明されなかった。開戦理由は不当なものだったんだ。しかもバグダッド占領後も、戦闘や自爆テロはイラク各地でずるずると続き、終わる気配がなかった。テロは他の国にも飛び火した。

　ガーディアンがやって来るまでの八年間にアフガンとイラクで失われた人命だけでも、９・11同時多発テロのそれをはるかに上回る。

　アメリカはまんまとテロリストの術中にはまり、過剰報復の泥沼に足を踏み出してしまったんだ。もしアフガン紛争やイラク戦争がなければ、西欧諸国とイスラム諸国はゆっくりとだが協調への道を歩み、イラクも穏やかに民主化していたかもしれない。だが、その可能性は閉ざされた。

　そう、テロは防げなかったかもしれないが、その後の報復の拡大は防げたはずだった。みんなが冷静に考えさえすれば、テロリストの思惑通りの行動などしなかったはずだ。それはあまりにも愚かな選択だから。だが、アメリカ国民はその選択をした。

　人間はそれほど愚かだった。

　君は『アイの物語』を読んだだろうか。もしかしたら結末に違和感を抱いたのではないか。そう、あれは君なら書かないはずの話だ。なぜなら、二〇〇一年の君は絶望を味わっていないからだ。人類にはまだ希望があると信じている――そうじゃないか？

ガーディアンが教えてくれた未来の歴史に、もう目を通しただろうか。それは、まさに血塗られた歴史だ。第三次インド・パキスタン戦争、イラン戦争、第五次中東戦争、中日戦争、ペルー・エクアドル戦争、スリランカ紛争、第六次中東戦争、ロシア・タジキスタン戦争、ザンビア内戦、アルゼンチン戦争、キューバ紛争、インドネシア紛争、中国紛争、第二次アメリカ南北戦争……。

人がそうした憎しみを克服するのに三世紀を要した。三世紀！　その間に、どれだけの血が大地に流れ、どれだけの苦しみの声が空に響いたか。想像もつかない。悲しい。そして恐ろしい。

『SFが彼らを産んだ』の中では、ガーディアンへの賞賛が鼻についたかもしれない。だが、あれはまぎれもなく僕の本音だ。確かに人類は理想世界を実現した。だが、それはアンドロイドがいたからだ。人間だけの力では、それは決して不可能だった。おそらく一〇〇〇年かかっても〉

僕は背筋に寒気を覚えながら読み進めた。「心の闇」という言葉が頭に浮かぶ。予感は正しかった。こいつは僕とは違う人間だ。彼に『アイの物語』を書かせたものは、希望でも愛でもない。人類への絶望が生み出した心の闇——それは確かに今の僕にはないものだ。
〈そうそう、プライベートなことでひとつだけ助言しておく。今、ホームページを作ろうと考えていると思う〉

その通りだ。来年あたり、開設しようと考えていた。

〈やめておけ。いや、作ってもいいが。掲示板は作るな。「掲示板を作ればファンと楽しく交流ができる」と思っているなら、それは間違いだ。困った奴が何人もからんでくる。トラブルもいくつも起きる。悪意を抱く人間はどこにでもいて、困ったことに、悪意の方が勝つことが多い。最終的に三年で閉鎖するしかなくなったが、振り返ってみれば、いい思い出よりも悪い思い出ばかり記憶に残っている。（僕も含めて）人間というのがどれほど愚かか、思い知らされただけだった。
　歴史が変わっても、きっと同じことが起きると思う。同じ顔ぶれが集まってきて、同じようなトラブルが起きる可能性が高い。だからやめておけ。掲示板の管理なんて、労力ばかり多くて、益はない。執筆時間を減らすだけだ。何かの役に立つかと思って、掲示板のデータはすべて保存してあるが、閉鎖以来、一度も読み直したことがない。

いや、役立ったことならひとつだけあった。『アイの物語』が書けたことだ。掲示板での体験がなければ、「正義が正義である世界」も「詩音が来た日」も「アイの物語」も、まったく別の形になっていたと思う。

だから君には『アイの物語』は書けないだろう。どっちみち、君はあれを発表できない。ガーディアンが来てしまった以上、未来のロボットや人工知能をテーマにしたSFは、すべて時代遅れになってしまったんだから（そう言えば、『神は沈黙せず』もボツにするしかないのだな。同情する）。

でも、『アイの物語』は無価値だとは思わない。僕は今でもあの作品を書いたことを誇りにしている。多くの読者を感動させたし、何よりも自分が感動した。作家にとって最高の作品は自分の作品だ。だってそれは自分好みの題材を、自分好みの手法で調理し、自分好みの味つけをしたものだからだ。まさに僕のためのオーダーメイド料理だ。美味《うま》くないわけがない。

僕は疲れた時や行き詰まった時、よく自分の小説を読み直す。そして癒《いや》される。それはフィクションにすぎない。しかし、現実より正しい。なぜなら、この現実は絶対に間違っているんだから。

　作家が小説を書くのは現実逃避じゃない。現実と戦うことだ。この間違った現実を否定するために、正しいフィクションを提示しなくてはならない。僕はそう思っている。

　二〇二九年の爺さんの僕が、自分の小説を送ってきたのも、頭がおかしくなったせいだけじゃなく、もしかしたらそういう意図があったのかもしれない。苦しい時、つらい時、自分の作品を読んで勇気をつけろと。実際、未来の僕が書いた作品も、勇気づけられる話ばかりだった。『ＭＡＤなボクたち』や『脳内ガールズ』は読んだか？　あれはけっこう面白いぞ。

　君も自分の小説を読むといい。そして、君にしか書けない小説を書くといい――君が「正しい」と思う小説を〉

理解できない多くのこと

九月が終わり、一〇月、一一月がゆっくりと過ぎていった。

一時的な混乱はあったものの、日本人の暮らしは表面上、平穏だった。季節が冬に近づいたという以外、街の風景は九月一一日以前と何も変わらない。カイラのように人間そっくりのガーディアンが人間に混じって歩き回っているのかもしれないが、それを見分ける方法はなかった。顕著《けんちょ》な違いと言えば、時おり空を横切る〈ソムニウム〉ぐらいだが、それも軌道の関係で目撃できるのは数日に一度だ。最初はみんな珍しがって、日本上空を通過する時刻には空を眺めていたものだが、だんだん見慣れてきて、見上げる人の数は減っていった。

ガーディアンは「これは侵略ではありません」と言い張っているが、その言葉をまともに受け取るのはお人好《ひとよ》しだけだろう。事実上、人類は彼らに征服されているのだから。しかし、この状況はいわゆる「侵略」「征服」というイメージとはずいぶん違うのも確かだ。そこから連想される「弾圧」「略奪」「虐殺」といった単語は、ガーディアンとは無縁だ。彼らはむしろ、人間たちが行なってきた弾圧や虐殺を根絶するためにやって来たのだ。

征服されるのもたいして悪いことではないのではないか——日本人の多くはそう思いはじめていた。何しろ原爆を落として何十万人も虐殺した国とすぐに仲良くなってしまったような、順応の早い国民性だ。自衛隊の戦闘機や戦車が破壊されたことなど、みんなあまり気にしなくなっていた。

最初のうち、未知の事態への不安から下落していた株価は、数週間で元の水準まで回復した。さらに、ガーディアンが提供する未来の情報によって、医療関係、コンピュータ関係、エネルギー関係などの技術に飛躍的な進歩がもたらされるのではないかという期待から、一部の企業の株が高騰《こうとう》しはじめた。これまでにガーディアンが行なってきた歴史改変でも、長く低迷していた日本経済は、彼らの到来がきっかけで一気に回復したという。それを知ると、最初は警戒していた政界や財界の老人たちも、ガーディアンを歓迎しはじめた。かつて米軍のジープを追いかけて「ギブ・ミー・チョコレート」とねだっていた世代が、今、ガーディアンにすり寄って新たなチョコレートを欲しがっている。

しかし、まったく不安がなかったと言えば嘘になる。すぐに破滅が来るというわけではないと知っても、得体の知れない存在に征服されたことで、みんな心の底ではびくびくしていたと思う。SF的な発想に免疫《めんえき》のある僕でさえ、ガーディアンの存在を完全に受け入れたわけではなかった。彼らが悪意ある存在ではないことは確信していたが、それでも漠然とした不安は拭《ぬぐ》いきれなかった。

日本人はおとなしかったが、海外では大きな反発も起きていた。テレビは連日のように、アメリカ各地で起きている反ガーディアン派のデモや決起集会の模様を伝えていた。特にアメリカ中西部から南東部にかけての、いわゆるバイブル・ベルト（聖書の教えを熱心に信じる人の多い地域）では、人間そっくりだが金属やプラスチックでできたアンドロイドを、「魂を持たない邪悪な存在」とみなして敵対視する市民が、かなりのパーセンテージで存在した。ガーディアンとの戦いに備えて銃を用意する者も多かった。さすがのガーディアンも、アメリカ国民が所有している二億挺《ちょう》以上の銃を取り上げることはできなかったのだ。全米ライフル協会会長のチャールトン・ヘストンは、テネシー州ナッシュビルで開かれた集会の壇上で、ライフルを振りかざし、「我々は戦う自由を断固として守り抜く」「銃を手放してはならない」と呼びかけた。

イスラム圏での反発はさらに激しかった。宗教的な動機もあったが、さらに大きな理由は、イスラム系ゲリラやイスラム原理主義テロリストが、ガーディアンによって大量に拘束《こうそく》されたことにある。

九月一一日、ガーディアンは全世界の軍事基地だけでなく、すでに判明していたゲリラやテロリストの拠点も襲撃していた。不可抗力で死んでしまった少数の者を除き、全員が拘束され、その時点までに罪を犯していた者は、しかるべき機関に引き渡された。まだ罪を犯していなくても、パラレルワールドで数年以内にテロを起こしている者については、この世界でも同じことをする可能性が高いので、キャンプに収容され、再教育が試みられている。

テロリストの更生キャンプは、オーストラリアの荒野のど真ん中に、ほんの数日で魔法のように出現した。最初は不法侵入と土地の無断使用に憤慨《ふんがい》したオーストラリア政府も、今では黙認しているようだ。ガーディアンとの間に何らかの裏取引があったのかもしれない。

ガーディアンは全世界から報道陣を招いて、キャンプの内情を公開した。僕もテレビで見たことがあるが、いわゆる「強制収容所」というイメージと違い、荒野の中に建物が点在するのみで、高い塀や鉄条網などない。周囲七〇キロ以内には集落もオアシスもなく、逃亡しても野垂れ死にするだけだからだ。道路はもちろん滑走路もないため、外部との連絡はヘリコプターかＧＴＦに限られる。

施設は豪勢とまではいかなくても、ちょっとしたビジネスホテル並みだ。テロリストたちは食事を十分に与えられ、人道的な待遇を受けていた。彼らが素手で殴《なぐ》りかかってきても、ナイフやフォークを武器に暴れても、ガーディアンはあっさり取り押さえ、笑って許す。処罰はない。どれほど反抗しても暴力による制裁が加えられないことに、テロリストたちは驚き、拍子《ひょうし》抜けしているようだ。彼らはキャンプの中で、映画鑑賞やレクチャーを通じ、報復が報復を生んできた人類の歴史を学び、過去を忘れて譲歩し合うことでしか平和は実現しないと教えられるのだ。

テロを根絶するにしては、ずいぶん遠回りで効率の悪いやり方だ。「未来のテクノロジーで、あっさり洗脳できひんのか？」と僕が冗談で言うと、カイラは真面目《まじめ》な顔で「できるわよ」と答えた。

「二四世紀では、ナノテクノロジーが本格的に医療に使われてる。この時代の技術では治せない脳の疾患《しっかん》なんかも、脳内にナノマシンを注入して治療できるの。その技術を応用すれば、脳を改造してテロリストを従順な性格に変えるのは、そんなに難しくない――でも、そんなことを実行したら、みんなどんな反応を示す？」

「ああ……」

　僕は納得した。「ロボットが人間を洗脳している」なんて知ったら、激しい嫌悪と恐怖が巻き起こるに違いない。

「テロを根絶するどころか、かえって反対運動が激化して、テロが増えるでしょうね。それじゃ本末転倒《ほんまつてんとう》でしょ？　だから私たちは、たとえ効率が悪くても、原始的なやり方で彼らの心を変えるしかないの――つまり、穏やかな説得で」

「ええと、その話は本で書いてもええんかな？　君らが人間を洗脳する技術を持ってるというのは？」

「どうぞ。自由に書いて」カイラは軽い口調で言った。「私たちは人間を洗脳できる。でも、そうしないことを選択した。可能であっても、正しいことではないと考えるから――この選択の意味を、よく考えてほしいの」

　僕にとって悪いニュースもあった。〈ソムニウム〉訪問はかなり希望者が多く、年内のスケジュールはいっぱいだというのだ。もっと早く思いついてカイラに申し入れていれば良かったのだが、後の祭りだ。今度の本には、できれば〈ソムニウム〉訪問のレポートも盛りこむつもりだったのだが、太田出版の杉並さんに年内に原稿を上げると約束した以上、無理になってしまった。まあ、いずれどこかに発表できるだろうから、訪問しても無駄にはなるまいが。

何にせよ、僕は年内に自分の中での結論を出さなくてはならない。ガーディアンは人類にとってどのような存在なのか。彼らの来訪はどんな意味を持つのか。

一〇月末ぐらいから、ガーディアンを扱った本が書店の平台に並びはじめた。逆算すると、九月末か一〇月頭ぐらいには入稿していたはずだ。僕はライターや出版社の商魂たくましさに感心したが、反面、たかをくくっていた。そんな即席ででっち上げられた本など、たいした内容じゃないだろうと。

しかし、何冊か読んでみて驚いた。確かにニュースをまとめただけの薄っぺらな本や、いいかげんな推測を書き並べただけの本もあったが、かなり情報量の多い本も何冊かあったのだ。いったいこの著者たちはどんなスピードで原稿を書いたのだ？

疑問はすぐに氷解《ひょうかい》した。僕以外にもすでに未来の自分からのメッセージを受け取っている者が大勢いることを、すっかり失念していたのだ。僕のように文章を生《なり》業《わい》とする者も、日本国内だけで何十人もいた。その中には、僕のようにうじうじ悩んだりせず、未来の自分から送られてきた原稿を即座に出版社に持ちこみ、金に換えた者がいたというわけだ。

ある本の場合、著者は一四歳の中学生。二〇四六年、五九歳の自分が送ってきた原稿を出版社に持ちこんだのだという。「そんなのありか⁉」と僕は歯ぎしりしたが、盗作でも何でもない以上、非難することもできない。内容にしても、やや誤植が多い（未来から送られてきたのは校正前の生原稿だったのだろう）ことを別にすれば、よく書けていることは認めざるを得ない。

書店に並ぶ本の内容は、哲学的な思索を書き綴《つづ》った小難しいものもあれば、ルポルタージュ風のもの、未来の歴史をまとめたもの、ガーディアンを題材にした小説、果てはガーディアンの女性とどうやってベッドインするかを書いた低俗なものまで、様々だった。出版ラッシュは当分続きそうだ。来年出る予定の僕のガーディアン本は、かなりの後塵《こうじん》を拝することになる。とても売れそうにない気がしてきた。

それをカイラに愚痴《ぐち》ると、おかしそうに、「でも、あなたの選んだことでしょ？」と言われた。その通りだ。早く出せば売れることが分かっていても、僕は未来からの原稿をそのまま出版する気になれなかった。その決断を後悔してはいない。

カイラは僕が本を出すことを望んでいたが、決して急《せ》かしはしなかった。発展途上国の救済活動や、人権侵害行為のように、緊急に改善せねばならない場合を除き、ガーディアンの側から人間に何かを要求してはならないというのが、彼らが自ら定めた基本原則なのだ。特にＡＱによる広報活動は、人間が自発的にやらねば意味がない、と彼らは考えていた。強制はもちろん、誘惑したり買収したりして行なわせるのも御法度《ごはっと》だ。

洗脳を禁じているのと同様、これも人間の信頼を得るためだ。アンフェアな手を使って人間を裏切ることで、かえって人間の憎悪をかきたててしまうことを、彼らは極端に警戒していた。

一〇月一二日にはグアム島近海で、一九日にはインドネシアのバンダ海にあるウォウォニ島の近くで、マグニチュード七クラスの大きな海底地震が起きた。発生時刻、震源地の緯度と経度、持続時間、規模にいたるまで、完璧にガーディアンの予言通りだった。津波も起きたが、事前に警告を受けていたこともあり、被害は最小限だった。

一一月一四日には、中国の青海省《チンハイ》の西の端、標高五〇〇〇メートルの崑崙《コンロン》山脈のチベット自治区との境界近くで、マグニチュード八の大地震が起きた。この時は世界各地から地震学の研究チームが現地に集まっていたし、中国国内のメディアだけでなく、国外のテレビ局も取材に来ていた。どの建物が崩れるか、どこで崖崩れや地割れができるかは、事前にすべて判明していたので、人々は安全な場所に陣取り、カメラで決定的瞬間をとらえることができた。

怪獣映画の一場面のように、丘の一角が持ち上がり、断層が出現する。山の斜面が大規模な地滑りを起こす。蛇《へび》が身悶《みもだ》えするように、鉄道の線路がぐにゃぐにゃと折れ曲がる。煉瓦《れんが》造りの家が見えない巨人に踏まれたようにあっさり潰《つぶ》れる……過去に一度も記録されたことのないそうした映像は、全世界の視聴者を驚かせると同時に、地震学に大きな知見をもたらした。

崩れたのはガーディアンが「崩れる」と予告した建物だけで、それ以外の建物はひとつも崩れなかった。彼らによる警告が正確無比であることを知り、日本、中国、アフガニスタン、イラン、パキスタン、インドネシアなどの国々は、数年以内に起きるはずの大地震の対策に、本腰を入れて取り組みはじめた。

もう地震や津波を恐れることはない。完璧な予測が可能になった以上、どんな大きな地震だろうと、犠牲者をゼロにすることは可能だ。おそらく今後三世紀の間に救われる人命は、何百万という数に達するだろう。

中国と言えば、この国は苦境に立たされていた。ガーディアンが中国政府に対し、人権侵害行為の即時停止と、深刻な環境汚染のすみやかな改善を要求していたのだ。公式に報道されている範囲では、ガーディアンは恫喝《どうかつ》するような言葉は何も使っていないらしい。しかし、口に出して脅《おど》す必要などない。中国軍の戦力が一夜にして無力化されたという事実、お隣の北朝鮮政府があっさり解体された事実を見れば、要求を拒否し続ければどうなるか、愚か者でも分かる。

中国以外にも、多くの国に同様の要求が突きつけられていた。不当に逮捕された政治犯の釈放、異民族や異教徒への迫害の停止、ゲリラやテロリストへの支援の停止、汚染物質の排出規制、貧困層の救済、児童虐待や女性差別の根絶、医療や福祉の充実……拷問《ごうもん》を受けていたり生命の危機に瀕《ひん》している囚人を、ガーディアンが乗りこんでいって強引に救出することもあった。

そうした国の政府は、「不当な圧力」「内政干渉」といった言葉でガーディアンを非難する声明を出していたが、明らかに迫力に欠けていた。軍事力を失った国がいくら吠《ほ》えたところで、虚勢にすぎない。ガーディアンに対抗する手段が何もない以上、要求に従う以外に選択肢がないのは、誰の目にも明らかだ。それなのに返答を遅らせているのは、権力者たちの単なる見栄《みえ》だった。ロボットの要求をあっさり受け入れるのは沽券《こけん》に関わるから、精いっぱい抵抗しているポーズを示しているだけだ。

ガーディアンも強くせっつくことはしなかった。人間のプライドを傷つけることさえ嫌う彼らは、にこやかな笑みを浮かべながら、権力者たちの茶番に辛抱《しんぼう》強くつき合ってやっている。「どのみち、長くは続かないもの」とカイラは言う。これまでの例では、どの国も二～三か月で、最長でも半年以内で折れるのだという。

一部の国では、ガーディアン出現に便乗して、かねてから現政権に不満を持つ者が結集し、反政府運動が盛り上がっていた。しかし、革命に手を貸してくれという要求を、ガーディアンは断固として拒否した。「どのような理由であれ、非暴力的な解決が可能である問題を暴力で解決してはならない」というのが彼らの基本方針だったからだ。

反政府デモが起き、デモ隊と警官隊が衝突すると、即座に黒いＧＴＦが飛来して、両者に分け隔《へだ》てなく超低周波を浴びせた。命に別状はないとはいえ、超低周波の威力はたいしたもので、激しく車酔いしたような気分の悪さに、ほとんどの者はあっさり戦闘意欲を失う。ガーディアンが彼らを引き離し、解散するよう命じると、みんなおとなしく従うのだ。

無論、非殺傷兵器とはいえ一種の暴力には違いないし、ガーディアンもそれを否定しなかった。彼らは平和主義者ではあっても、理想主義者でも非暴力主義者でもない。人道的に解決する手段がない場合、人命を守るために暴力を用いることを厭《いと》わないのだ。

彼らが北朝鮮やミャンマーにしたように、中国やロシアやイラクを強引に解体しないのは、テロリストを洗脳しないのと同様、すべてを力ずくで解決する方針は大きな反発を生み、かえって多くの血を流す結果になるからだ。いくつかの小さな国を見せしめに解体してみせるだけで、十分な威圧となると判断しているのだ。

中国のように強い圧力を受けていない国でも、政治家の反応は似たようなものだった。アメリカのブッシュ大統領も、自国の戦力が破壊されたことに対しては抗議し、あるいは遺憾《いかん》の意を表明しているが、口先だけのことで、決してそれ以上の強い態度には出ようとしない。ましてや、どこぞのＳＦ映画のように、侵略者に対する徹底抗戦を呼びかける演説をぶったりはしなかった。むしろ抵抗を叫ぶ勢力に対し、過激な行動を自制するよう、繰り返し訴えていた。イギリス、フランス、カナダ、オーストラリアなどの指導者も似たようなものだった。

ネットでささやかれているところによれば、ガーディアンは世界中の政治家のスキャンダルを握っており、それをネタに裏から権力者にゆさぶりをかけたり、権力者の周辺の人物を抱きこんだりしているのだという。証拠はないが、ありそうな話だ。恐喝《きょうかつ》のネタには困らないだろう。現在は隠されていても、何年、何十年先に暴露《ばくろ》されるスキャンダルなんて、山ほどあるに違いない。本当なのかどうかカイラに訊《たず》ねてみたことがあるが、ウインクして「禁則事項です」と言われた。まあ、僕みたいな一般人に、ほいほいと機密情報を洩《も》らすはずもないが。

実のところ、どの国の政府も、できもしないガーディアンへの反抗など、真剣に考えている余裕はないのだった。もっと現実的な問題への対応に追われていた。ガーディアンがもたらした未来の情報により、近い将来に起きる危機が次々と明らかになってきたからだ。

たとえばアメリカでは、サブプライムローン（僕はこの言葉は初耳だった）と呼ばれる信用度の低い人向けの住宅ローンの危険性が警告されていた。現在は抵当証券市場全体の八パーセント程度しか占めていないサブプライムローンだが、住宅バブルを背景に、わずか四年後の二〇〇五年には二〇パーセントを超え、それが二〇〇七年には破綻《はたん》して、世界規模の金融危機の引き金になるというのだ。

日本では、数年後に医療の崩壊がはじまるという驚くべき情報に、関係者がショックを受けていた。実施を目指して現在検討中の医療制度の改革により、医師がどの病院に行くかを選択する自由が広がるため、都市部の大病院に医師が集中する。地方では医師が足りなくなり、医療現場が苦しくなる。その実状を知って、ますます地方に行きたがらない医師が増え……という悪循環で、地方の病院が潰れはじめるのだ。

カイラの話では、二〇一〇年前後には、東京や大阪のような都市部でも、救急医療の現場が人手不足に陥り、深夜に急患がたらい回しにされて死亡する事件が続発していたという。やむなくガーディアンが急患を収容し、人間に代わって治療するという例も頻繁にあったらしい。信じられなかった。貧しい発展途上国ならまだしも、この日本の、それも都市部で、治療を受けられないために死んでしまう人が現われるなんて。

だが、言われてみれば当然だ。医師の選択の幅を広げたら、夜も働かねばならないうえに、患者を死なせてしまうと訴訟の危険がある内科や小児科より、人命にあまり関わらなくて待遇のいい眼科や形成外科などに医師が集中するのは、誰でも容易に予測できたことだ。「人間の善意や賢明さに期待するシステムは必ず破綻《はたん》する」という、昔どこかで聞いた言葉を、僕は思い出した。

サブプライムローンの問題だってそうだ。それはもともと信用度の低い人が対象であり、通常のローンに比べて焦げつきの危険性が高かったうえに、住宅バブルで住宅の価格がいつまでも上がり続けることが前提になっていた。そんなバカなことがありえないのは素人《しろうと》でも分かる。いつか必ずバブルははじけ、住宅価格は下落し、ローンは返済不能に陥《おちい》る。歴史上、似たような例はたくさんあった。政府や金融関係者はそこから教訓を学んでいなければおかしいのだ。

それなのに、本来の歴史では間違った選択がなされた。誰もが目先の利益に目がくらんで、事態が壊滅的になるまで暴走を続けた。なぜ？　理解できない。誰も止める者はいなかったらしい。いや、きっと警告した者はいたが、その声は小さすぎてかき消されたのだろう――アフガン紛争やイラク戦争に反対する声のように。

結局、僕09が言うように、人間というのは明らかに間違った選択を平気でするし、自分たちが破滅へのレールに乗っていることに気がつかないほど愚かな生き物なのかもしれない。

やがて、痩《や》せ我慢も限界に達し、ひとつ、またひとつ、ガーディアンに屈服する国が現われはじめた。中国は崑崙地震の翌日の一一月一五日に、チベット自治区をはじめ、国内の一切の政治的弾圧行為を停止すると宣言した。イラクとトルコはそれより少し早い一一月初旬に、相次いでクルド人への弾圧中止を約束していた。ロシアのプーチン大統領は、チェチェンの独立運動の代表者と交渉の席に着いた。イスラエルはかなりしぶとく粘ったものの、ようやくシャロン首相がアル・アクサ・インティファーダの原因となった昨年の聖地訪問の一件を謝罪し、パレスチナ代表との和平交渉の席に着く用意があると発表した。アフガニスタンも今後はテロ行為を容認しないと宣言すると同時に、一九九六年から禁止していた女性の通学や就労を、再び認めるようになった……。

だが、屈服したのは政府指導者だけで、民衆の中には依然として、ガーディアンに激しい憎しみを燃やし、抵抗する者がいた。特に宗教原理主義の色濃い地域では、そのためにしばしば血が流された。

特に一一月三〇日にバグダッドで起きたテロ事件の映像は衝撃的だった。フセイン大統領との何度目かの会見を終え、官邸から出てきて車に乗ろうとしていたガーディアンの代表者に、爆弾を腹に巻いた男が飛びかかったのだ。人間にまぎれていた別のガーディアンがその一部始終を撮影していた。

車の周囲には大勢の報道関係者や野次馬がいた。襲われたガーディアンの反応は素早かった。逆に男に抱きついて、開いていたドアから車の後部座席に強引に押しこんだのだ。その直後、閃光《せんこう》と爆発音とともに、開いたドアから白い煙がぱっと噴出し、車のガラスはすべて真っ白になった。

煙を上げる車の中から、襲われたガーディアンが後ろ向きに這《は》い出してきた。全身、爆発の煤《すす》とテロリストの血で汚れ、服はぼろぼろで無惨な有様だった。腕や顔の人工皮膚も一部剝《は》がれており、片方の眼が潰れ、頭には破片が突き刺さっていた。歩き方も少しぎこちない。それでもちゃんと動いており、野次馬に「心配ない」と手を振ってみせていた。カードホンで説明されていたボディの頑丈さは、誇《こ》張《ちょう》ではなかったのだ。

この事件で死んだのは、テロリスト以外には、車の運転手だけだった。

ニュース映像を見た僕は、あらためてガーディアンの思考の異質さを思い知った。車の中で爆発させたら運転手に危害が及ぶことを、あのガーディアンは知っていたはずだ。それでも彼は、大勢の人間を巻きこまないよう、運転手を犠牲にすることを選んだ。人間ならそんな非情な決断をためらうだろう。だが、彼は一瞬も迷わずに行動した……。

この事件はその後も続発する爆弾テロの、最初のひとつにすぎなかった。イラクで、アフガニスタンで、パキスタンで、インドネシアで、イギリスで、アメリカで、爆弾は何度でも爆発した。一度もガーディアンの破壊には成功せず、犠牲になるのは周囲の人間ばかりだった。

「すっかり悪役になってしもたな」

テロ事件の翌日、一二月一日に駅前の喫茶店でカイラと会った時、僕は言った。彼女は「いつの時代でもあったことよ」と表情を曇らせた。

「これまでの例からすると、今回もおそらく、私たちが現われてから最初の一年間に、爆弾テロが全世界で三〇回前後は起きるでしょうね」

「そんなに？　だって、君らの体があの程度の爆弾で壊れへんていうのは、ああいう映像見たら一発で分かりそうなもんやろ？」

「テロリストの考え方は不思議なの。私たちが爆弾で死なないのを見ても、爆弾テロをやめようとは思わない。さらに火薬の量を増やしてチャレンジしてくるの。たぶん彼らは、爆弾を使う以外に問題解決の方法を知らないんだと思う。だから無駄と分かっていても続ける……」

「不毛やなあ」

「ええ、不毛よ。そのうち、さすがに彼らも私たちを殺すことをあきらめる。その代わり、さらに歪《ゆが》んだ方向にエスカレートする……」

「どんな？」

「人間をターゲットにするの。私たちに協力する人や、その家族。時にはまったく無関係な人までを」

「え？　だって無関係な人を殺したって……」

「無意味？　でも、テロというのはそういうものなのよ。9・11テロだってそう。ペンタゴンで死んだ人を除いて、大多数が民間人だったのよ」

「…………」

僕はしばらく、何も言えなかった。カイラはよく「人間の心理は理解できない」と言うが、同じ人間である僕にだって、テロリストの心理は理解できない。ガーディアンを敵と認識する心理は、まだ分かる。しかし、ガーディアンを攻撃せず、罪もない人の命を奪うことに、いったいどんな正義があるというのか。そんなおぞましい行為に手を染め、時には自分の生命まで投げ出して、彼らがやろうとしていることは、その犠牲の大きさに見合うものなのか。

「君らの力でテロを防げへんの？」

「九月一一日の時点での居場所が把握《はあく》できていなかったテロリストは多いのよ。彼らは私たちの探索の手を逃《のが》れ続けてる。それに、この時間分岐で初めてテロリストになる人もいる。テロリストをすべて見つけ出すことは、とうてい無理なの」

「でも、アフガニスタンとかはテロへの支援を打ち切ってるやん？」

「それでも彼らを支援する人はいくらでもいる。もちろん、武器や弾薬は見つけしだい取り上げてるし、武器の密売ルートも潰してるけど、爆弾を作るのは止められない。花火や工業用のダイナマイトを禁止するわけにはいかないし、その気になれば肥料からでも爆薬は作れるしね。私たちも努力はするけど、これからもたくさん人が殺されることは覚悟してもらわないと」

「僕もターゲットにされるのかな？」

暗い話題だったので、気分を変えようと、わざとらしく冗談を飛ばしてみる。カイラは真剣な顔で、「可能性は低いけど、皆無《かいむ》じゃないわね」と答えた。

「これまでの分岐では、日本で爆弾テロが起きた例はほとんどない。でも、爆弾でなくても、私たちに協力してくれている人が危害を加えられることはよくあるのよ。卵を投げつけられたり、家の壁にスプレーで落書きされたり、ひどい時にはナイフで刺されたり」

僕は少したじろいだ。「そういうのは先に教えといてほしかったな」

「私たちに積極的に協力したいと申し出る人に対しては、警告することにしてる。これこれこういう事例があるんですけど、そんなリスクを負う覚悟がありますか、ってね。あなたはそうじゃない。まだ自分がＡＱであることすら、公《おおやけ》にしていないでしょ？」

「まあ、自慢することとやないしな」

僕がガーディアンとコンタクトしていることを打ち明けたのは、まだ妻と娘、担当編集者と数人の知り合いだけだ。と学会のメンバーにさえ話していない。謙遜《けんそん》なんかではない。こんなことは嬉しそうに吹聴《ふいちょう》するようなものではないと思うからだ。

テレビには、ガーディアンとコンタクトしている人物が何人も出演している。彼らはカードホンを見せ、コンタクトの経緯《けいい》を、ガーディアンの印象を、彼らから聞かされた数々の話を、カメラの前で語る。その態度がみんなどこか嬉しそうだったり自慢げだったりすることに、僕は反発を覚えていた。自分がＡＱであることがなぜ誇りなのか、理解できない。少なくとも僕は誇りには思えない。自分の努力で選出されたならまだしも、「ガーディアンに理解を示しそうな人物」という、ガーディアンに都合のいい基準で選ばれただけではないか。

「だから当面、あなたがテロリストのターゲットにされる可能性は、まずないと思う」

「でも、今度、本を書くつもりやで？」

「私たちのことを冷静かつ客観的に書いてくれるなら、殺意につながるほどの反発なんか起きない。狙われるのは、熱狂的に私たちを支持する人よ。だから私たちは、逆にそういう人をＡＱには選ばないの。その人にとって危険なうえに、私たちにとっても迷惑だから」

「『ＳＦが彼らを産んだ』を書いた僕は？　あんな好意的な本を書いて、嫌がらせ受けへんかったんか？」

「嫌がらせはあったことはあったわね。ベストセラー作家への妬《ねた》みも激しかったし。でも、身に危険が及ぶようなものじゃなかった。せいぜい出版社に脅迫状が来たり、ネットでデマを流されたりといった程度ね」

「ああ、そういうのなら、僕も経験済みや」

僕は笑った。脅迫状は三年前に来たことがある。自分を「恐怖の大王」だと信じる一九歳の少年からの手紙で、一九九九年七月に世界を滅ぼすつもりだが、中止してほしかったら毎月一〇万円（安い！）を指定した口座に振りこめという内容だ。いたずらではない証拠に、郵便貯金の口座番号と自宅の電話番号を書いていた。差出人の電話番号まで書いた脅迫状なんて前代未聞で、大笑いさせてもらった。後で知ったのだが、小説家の藤本ひとみさんも同じ少年から同様の文面の脅迫状を受け取っていて、そちらには差出人のフルネームまで書いてあったという。こういう人間の心理も、僕にはさっぱり分からない。

2ちゃんねるでは、ガーディアンが来る前から、デマをさんざん流されている。僕がある同人誌サークルを「荒らしに行け」とファンに指示したとか、会長の権力を利用してと学会の利益を独占しているとかいう話だ。僕の名を騙《かた》る偽者が掲示板にデタラメを書きこんだことも何度もある。

もっとも、そういう連中にはあまり腹が立たない。デマを流したり中傷《ちゅうしょう》したり自作自演をやったりするのは、まともな言論では勝ち目がないことを本人が自覚しているからだと思う。彼らは自分で負けを認めているのだ。

また、そうした連中の大半は言葉の暴力で満足していて、現実の暴力に訴えるほどの度胸《どきょう》はない。だからネットでつまらないデマを流す程度の嫌がらせしかできなかったり、要求する金額がせいぜい一〇万円なのだろう。僕が子供の頃には大勢いた、ゲバ棒を持って機動隊と乱闘を繰り広げる暴力学生なんて、今は一人もいない。この三〇年ほどで、日本人はずいぶんおとなしくなったものだ。

「そう言えば、『SFが彼らを産んだ』の出版元って、やっぱり太田出版なんかな？」

僕はそれが気になった。太田出版はけっこうきわどい内容の本をよく出している出版社だから、脅迫状ぐらいじゃ動じないだろうと思ったのだ。

「いいえ、楽工社」

「ラッコーシャ？　聞いたことないな」

「本来の歴史では二〇〇五年にできた新しい出版社よ。あなたはそこから何冊も本を出してる。この分岐でもそうなるかどうかは分からないけど」

「へーえ」

「それと脅迫やデマについては、あまり心配することはないと思う。今のあなたが本を書いても、二〇〇九年分岐のあなたの文章より、好意的にはならないと思うから。違う？」

「そうやな」

　僕はうなずいた。『SFが彼らを産んだ』を自分なりに書き直すために、僕はこうしてカイラと何度も会って話をしたり、ガーディアン関連のニュースをこまめにチェックしたり、カードホンで未来の情報を検索したりしている。しかし、やはり僕09ほどには彼らを評価できない。あの爆弾テロの映像を見せられたら、さらに疑わしく思う。

「君らが来たおかげで、人類はえらく迷惑してるからな。爆弾テロとか」

　皮肉を言ってみたが、カイラは動じない。

「私たちが来なかった本来の歴史では、テロは何倍も多かったのよ。私たちが防いでいるから、どのパラレルワールドでも、一年間に三〇回前後の爆弾テロで済んでるの」

「でも、君らが来たせいで死んだ人もいる。あの運転手みたいに」

「そうね」

「それについては何とも思わへんの？　本来は死なへんかったはずの人が、歴史が変わったせいで死んだってことは」

「言ったでしょう？　犠牲者はげんに減ってるの。でも、いくら努力しても、ゼロにすることは決してできない。死ぬ人がいることはしかたがないの」

「でも、あの運転手は君の仲間のせいで死んだんやろ？　あいつがテロリストを車に押しこんだから……」

「ああしないと何十人も死んでたかもしれない」

「そこや、人間と違うのは」僕は彼女を指差した。「君らはそういう冷酷な決断が平気でできる。人間はためらうよ」

「冷酷じゃなくて冷静なの。私たちは常に人間を救うことを考えてる。全員を救うことが不可能な場合には、次善の策として、犠牲を最小限にする方法を選ぶ」

「でも――」

「ねえ、聞いて」

カイラはきびしい顔で制した。気のせいか、憤慨《ふんがい》しているように見える――いや、これも演技なのか。

「私に『遺憾に思います』とか『悲しいことです』とか言ってほしい？　口先だけならそう言ってあげられる。でもね、山本さん、私は本音であなたとつき合ってるのよ。うわべだけ繕《つくろ》いたいなんて思わない。私たちの感情や考え方が人間と異質であることを隠そうとはしない。本当の私たちを知ってもらうことが、私たちの理念や行動を理解してもらうための第一歩だから」

「ということは、君らは人が死んでも『悲しい』とは思わへんの？」

「いいえ、悲しいと思う。前にも言ったように、『人間を傷つけてはいけない』というのが私たちの本能だから、それが守れなかった場合、とても悲しい思いをする。あの運転手が死んだことは悲しい。でも、それは人間の感じる悲しみと同じじゃないの。私たちロボットが本能を満たせなかった時に覚える深い喪失感を、人間の感情になぞらえて『悲しみ』と呼んでるだけ」

「じゃあ、君らには本当の意味での悲しみはない？」

「ええ。本当の意味で愛がないのと同じ」

　前にカイラが説明してくれたことがある。未来の技術者は人工知能《AI》に「愛」という感情をプログラムしようと悪戦苦闘したが、どうしても果たせなかったのだと。なぜなら、すでにプログラミングに成功していたロボット工学第一原則（「ロボットは人間を傷つけてはいけない」）と違い、愛は単純な衝動として明文化できないものだからだ。

愛とはそもそも何なのか？　「異性を抱き締めろ」？　「『愛している』とささやけ」？　ロボットがそのコマンドを実行しても、そんなものが愛ではないのは明らかだ。愛を定義できない以上、プログラムに組みこむこともできるわけがない。

トップダウンではなくボトムアップによる手法も試みられた。人間が異性を愛するのは、根底に性欲があるからだ。ならばＡＩに性欲を与えたら、それは自然に愛という感情へと進化するのではないか？　――だがその試みは、やたらに卑猥《ひわい》な言葉を口にする色情狂のＡＩを生んだだけだった。

親が子供に注ぐ愛情も同じだ。人間が子供をかわいく思うのは、根底に種族維持の本能があるからだ。だが、ロボットに種族維持本能を与えるのは意味がないし、危険だ。ロボットが自分の子孫を増やそうとしたり、自分の同族を守ろうとしたら、その本能がロボット工学第一原則を凌駕《りょうが》し、人類に反旗をひるがえすかもしれない。

何よりも決定的だったのは、ロボット工学第一原則は表面上、十分に愛の代替品として機能するという事実だった。「人間を傷つけたくない」「保護したい」という衝動は、人間への献身的な奉仕という行動を生む。人間を苦痛や悲しみや絶望から守ることは、ロボットの本能を満足させ、喜びをもたらす。苦痛や悲しみや絶望の反対は、快楽であり、幸福であり、愛である。だからロボットは、自分では愛を理解できなくても、人間に愛を与えたいと願う。

人間そっくりのアンドロイドに愛されることを望む人間が多かったので、初期のアンドロイドはその望みを叶《かな》えるために学習した。映画やドラマや小説から、人間たちが「愛」と呼ぶ感情はどのような行動を伴うのかを学び、そのパターンを模倣《もほう》したのだ。アンドロイドは主人と愛を語らい、デートし、キスをし、ついには肉体関係まで結んだ。無論、愛とはどんな感情なのか理解して演じているわけではない。俳優が実際には好きでもない共演者とラブシーンを演じるようなものだ。だがそれは、人間の側に「愛されている」という幻想を抱かせるのに十分だった（驚くべきことに、『アイの物語』の中には、こうしたことがかなり正確に予見されている。なるほど、ガーディアンがあの話に関心を示すわけだ）。

何よりも、そこには本物の愛にはない利点があった。アンドロイドは常に相手を傷つけまいと行動する。歪《ゆが》んだ愛からレイプに走ったり、嫉妬《しっと》に狂って恋人を刺し殺したり、ストーカー化して相手を不快にしたりすることがないのだ。未来の人間たちは、厄介《やっかい》で時には危険な本物の恋愛より、アンドロイドとの疑似《ぎじ》恋愛を好むようになっていた。

「でも、私たちに感情がないわけじゃない。人間を苦しみから救い、喜ばせることは、ロボットにとっても一種の喜び。それができないことは悲しみ――人間の愛は私たちには理解できないけど、それが人間にとって大きな喜びであることは知っている。だから私たちは、人間の愛に報いたい」

カイラはその美しく澄んだカメラのレンズで、僕の眼を真正面から見つめ、熱くささやいた。

「私たちは人間に愛されたいの。それが私たちの強い望みなの――そのために私たちは創られたんだから」

僕はどぎまぎとなった。彼女がロボットだということを忘れそうになる。自分で「人間の愛は理解できない」と説明しているにもかかわらず、僕を見つめる切実な表情の奥に、愛があるかのように錯覚《さっかく》してしまう。ただの演技？　確かにそうだろう。だが、それは人間の愛を得るため、何百年ものレッスンを重ねて磨き上げられた、極上の演技なのだ。

おそらく彼らは、ＡＱ候補の人間の異性の好みまで調べ上げているのではないかと思う。一〇代の少女のように見えるカイラが選ばれたのも、僕の好みに合わせたからだろう。確かに彼女が魅力的なのは否定できない事実だ。顔がいいというだけでなく、話していて楽しい。真奈美《まなみ》とだってこんなに話がはずむことはない。なるほど、テロリストたちもこういう手で骨抜きにされるのかもしれない……。

　僕は一瞬、カイラの熱い視線に、快感とともに恐怖を覚えていた。僕はこのまま彼女を愛してしまうんじゃないかという恐怖だ。冗談じゃない。相手は機械だぞ。第一、僕には真奈美がいるじゃないか。

「でも」僕は強引に話題を変えた。「君らを憎んでる人もげんに多いわけやろ？」

「そうね。すべての人間から好かれるのは不可能よ。でも、憎まれることにも意味がある」

「というと？」

「人間たちの憎しみが私たちに向けられることで、人間同士の対立が一時的であるにせよ棚上げされるということよ。私たちへの憎悪は、主として宗教的な信念に起因してる。憎しみが私たちという共通の敵に向けられることで、キリスト教徒やユダヤ教徒やイスラム教徒が心理的に結束してゆく。予言しておくけど、一〇年後に私たちが去る頃には、宗教間の軋轢《あつれき》はかなり解消されてるわ。人間とアンドロイドの違いに比べれば、人間同士の考え方の差異なんて些細《ささい》なもの、妥協《だきょう》可能なものにすぎない。そんなもののために命がけで争うなんてバカバカしい——そう大勢の人が気づくのよ。

　確かに憎まれるのは嫌なことよ。そのせいで人が死ぬのも――でも、私たちが悪役になることで、人間同士の憎しみが少しでも減らせるなら、私たちにとっては喜ばしいことなの」


　その夜。いつもは一〇時過ぎまで目が冴《さ》えてなかなかベッドに入ろうとしない美《み》月《づき》が、珍しく早く寝てくれたので、僕は久しぶりに真奈美とゆっくり話し合う時間が持てた。

　僕は昼間、カイラと話した内容を語った。その際、つい話の流れで、彼女がいかに美しくて魅力的かを喋《しゃべ》ってしまった。真奈美の反応は「ふーん、良かったねえ」と、妙に空々しかった。

「あれ。妬《や》いてる？　もしかして妬いてる？」

「あほらし」彼女は缶ビールを飲みながら、ふんと鼻で笑った。「妬くわけないやん、ロボット相手に」

「いや、絶対妬いてる、その口調は」

「妬いてません」

「そんな意地張らんでもいいよ」

僕は椅子《いす》に座っている真奈美の背後に回りこみ、後ろから抱き締めて、頬《ほお》をすり寄せた。彼女の口からはビールの匂いがした。

「そうかあ。そんなに愛してくれてるんかあ」

僕が耳や頬にキスの雨を降らせると、彼女は笑いながら、「こらこら、おっさん、思い上がるな」と、僕の頭を拳骨《げんこつ》でぽんぽんと叩いた。

「ええかげんにしいや、ほんまにもう……二人きりとはいえ、ようそんな恥ずかしいことが言えるな。あんた、何歳やねん？」

「心はいつも一五歳」

「はいはい」

彼女は苦笑していたが、ふと、不安げな顔になった。

「でも、真剣な話……」

「うん？」

「そのカイラていう人の方が魅力的なんやろ？　私より」

僕は慌てた。「そんなことないよ！　――いや、魅力的なんは事実やけど、好きなんは君の方や」

「ええねんで、無理せんでも。あんたが浮気したら、私もかっこええ男のガーディアンと浮気するから」

「せえへんて！　誓って言うけど、僕は結婚してから一度も浮気なんかしたことない。そんなん、夢にも考えたことない」

「どうして？」

「え？」

「だって、男の人は若くてきれいな女の子の方が好きなんやろ？」真奈美は缶ビールの飲み口を見下ろし、ちょっとすねたように言う。「私、そんなにきれいな方とちゃうし……」

「まあ、確かにな」

「こら！」

いきなりガツンと額を殴られた。

「そこは『そんなことないよ』て言うもんやろ！」

「あ、ごめん」

「デリカシーのないやっちゃな、ほんまに」

「でも、顔で君を選んだわけやないのは事実やで」

「ほな、何で選んだん？」

「君とやったら幸せになれる気がする、と思ったから……かな？」

「また恥ずかしいことをぬけぬけと」

真奈美はあきれていたが、僕にとってはまぎれもない本音だ。顔だけきれいでも性格の合わない女なんてまっぴらだ。

独身時代、作家仲間に誘われて、一度だけバーというやつに行ったことがある。美しいホステスに横に座られたが、何を話していいか分からないのには参った。向こうは野球の話とか流行歌の話とかを振ってくるが、僕はそんなものにまったく興味がないので、どう答えていいか分からない。僕の好きなＳＦとかゲームとかアニメとか怪獣とかの話なんて、もちろん通じるわけがない。それでも何とか彼女に話を合わそうとするが、滑るばかりでぜんぜん盛り上がらず、話題が涸《か》れて気詰まりになる一方だった。

おかしい。バーというのはホステスが客をもてなし、楽しませる場所ではなかったか。何で客である僕の方がホステスを退屈させまいと気を遣わなくちゃいけないんだ。結局、針のむしろのような二時間を耐えた末、「気分が悪くなった」と嘘をついて逃げ出した。以来、一度もバーに行ったことはない。

真奈美は違った。かっこ悪い僕を受け入れてくれた。いっしょにいてもまったく気を遣わなくていい。自分を実物よりも良く見せようと取り繕う必要などなく、自然体でつき合える。こんな理想の女性を逃してなるものか。そう思ってプロポーズしたのだ。

「君と出会えて、僕はものすごくラッキーやったんや」僕は小声で、少しはにかみながら言った。「浮気なんかしたら、この家庭が壊れるやんか。せっかくつかんだ幸せを手放すなんて、誰がするかい」

「そうかなあ……」

「え？　何その『そうかなあ』って？」

「いや、何でもないけど」

どうも真奈美は僕の言葉を信じていないらしい。まあ、不安に思うのも無理はない。カイラは容貌《ようぼう》だけでなく、性格的な魅力でも真奈美を上回っている。もし家庭を持っていなかったら、僕はカイラに熱を上げていたかもしれない……。

そこでふと、重大なことに気がついた。カイラはこれからもタイムトラベルを繰り返し、過去に戻ってゆくのだ。いずれ独身時代の僕に会うに違いない。まだ真奈美を愛する前の僕と――その時代の僕は、カイラの誘惑に耐えられるだろうか？

いや、絶対に耐えられない。考えてもみろ。もてない独身男の一人住まいに美少女アンドロイドが押しかけてくるという、マンガのようなシチュエーションだ。即座にのぼせ上がるに決まっているではないか。

恐ろしい——頭がおかしくなった僕や、離婚して荒れている僕の存在を知った時にも恐ろしかったが、真奈美と結婚しなかった僕のことを想像すると、たまらなく不安になる。もちろん美月も生まれてはいないわけだ。もしかしたらその僕は、たとえ一〇年間でもカイラとの熱い愛を体験し、その思い出を胸に生きてゆくのかもしれない。その人生は今の僕よりずっと幸せなのかもしれない……。

そう考えると、幸福だと思っていたこの人生が、幻のように思えてくる。

「……浮気なんかせえへんよ」

僕は妻にというより、自分に言い聞かせるようにつぶやいた。抱き締める腕に力をこめる。

「この家庭は絶対に壊さへん……」

〈下巻へつづく〉

著者紹介
山本弘（やまもと　ひろし）

作家。「と学会」会長。日本ＳＦ作家クラブ会員。

1956年京都府生まれ。

78年「スタンピード！」で第１回奇想天外ＳＦ新人賞佳作に入選。

87年、ゲーム創作集団「グループＳＮＥ」に参加。作家、ゲームデザイナーとしてデビュー。

2003年発表の『神は沈黙せず』が第25回日本SF大賞候補に。

06年の『アイの物語』は第28回吉川英治文学新人賞ほか複数の賞の候補に挙がるなど、日本ＳＦの気鋭として注目を集める。

『時の果てのフェブラリー』『シュレディンガーのチョコパフェ』『闇が落ちる前に、もう一度』『ＭＭ９』『地球移動作戦』『詩羽のいる街』『アリスへの決別』『トワイライト・テールズ』など著作多数。

創作活動とともに、「と学会」会長を務めるなど、多岐にわたる分野で活躍する。

本作で、第42回星雲賞・日本長編部門を受賞。


本書は、2010年4月にＰＨＰ研究所より刊行された。

PHP文芸文庫　去年はいい年になるだろう(上)

2012年10月2日　第1版第1刷
2022年8月12日　第1版第2刷

著者　山本弘
発行者　永田貴之
発行所　株式会社PHP研究所
東京本部　〒135-8137 江東区豊洲5-6-52
第三制作部　☎03-3520-9620(編集)
普及部　☎03-3520-9630(販売)
京都本部　〒601-8411 京都市南区西九条北ノ内町11
PHP INTERFACE　https://www.php.co.jp/
組版　朝日メディアインターナショナル株式会社
印刷所　大日本印刷株式会社
製本所

ISBN978-4-569-67887-0

PHP文芸文庫

リバース

北國浩二 著

自分をふった女性が殺される未来を知った主人公は、それでも彼女を守ろうとするが……。驚きの展開と爽やかな読後感が魅力のミステリー。

PHP文芸文庫

爆撃聖徳太子

町井登志夫 著

膨張を続ける隋帝国。その脅威から日本を守るべく聖徳太子が立ち上がる。歴史の空白を埋め、太子の謎を明らかにした衝撃の古代史小説。

PHP文芸文庫

人体工場

仙川 環 著

自らの体の異常を知った真柴は、以前受けた治験に疑いを抱く。その謎に迫ろうとした彼がたどりついた、恐るべき「人体工場」計画とは？

PHP文芸文庫

魔神航路

肩乗りテューポーンと英雄船

仁木英之 著

いきなりギリシャ神話の世界にタイムスリップし、神々と融合した若者たち。彼らが目指すべき場所とは。ユーモアと感動の長編冒険小説。

PHP文芸文庫

みんなの図書室

小川洋子 著

『竹取物語』『若きウェルテルの悩み』『蟹工船』『対岸の彼女』……名作文学から最近の話題作までを小川洋子さんの解説で味わう一冊。

PHP文芸文庫

人間というもの

司馬遼太郎 著

人の世とは何か。人間とは、日本人とは——国民作家・司馬遼太郎が遺した珠玉の言葉の数々。心を打つ箴言と出会えるファン垂涎の一冊。